金牌小说

Awarded Novels
长青藤国际大奖小说书系

The True Blue Scouts of Sugar Man Swamp

糖人沼泽侦察兵

〔美〕凯西·阿贝特 著

赵轩 译

云南出版集团 晨光出版社

忠诚和勇气的力量

当你翻开这本书，想要读一个故事。与其说是读，不如说是听。是的，你即将"听"到一个故事，一个仿佛就在你眼前，在你耳边，只对你一个人亲口讲述的离奇的故事。这么说一点儿也不夸张，就是讲给你听的。因为讲故事的人总会说着说着就停下来，对读故事的你发出大声警告："千万小心啊！"或是向你确认道："是的，你没听错！"

是的，你没听错，这是一个只讲给你一个人听的故事。故事里有两只浣熊兄弟，一个少年，还有一群鳄鱼和一群野猪。

故事发生在一片幽深的沼泽地——糖人沼泽。浣熊两兄弟宾果和杰玛刚刚走马上任，成为糖人沼泽最新的情报侦察员。他们眼观六路，耳听八方，为沼泽里所有的居民站岗放哨，时刻关注着糖人沼泽发生的一切。于是，当史上最穷凶极恶的野猪一家浩浩荡荡地向糖人沼泽进军而来的时候，兄弟俩很快就发现了。野猪一家实在是太坏了，破坏力太强了，所到之处，七零八落，一片狼藉。糖人沼泽正面临着一场史无前例的灾难。可是灾难不止如此，住在糖人沼泽的查普·布雷伯恩一家也面临被驱逐出去的危险。因为世界鳄鱼摔跤冠军耶格和有钱有势的索尼博伊联起手来，想要把沼泽地改建成一个世界鳄鱼摔跤竞技场和主题公园。查普·布雷伯恩的外公刚刚去世，十二岁的他和妈妈马上就要无家可归了。浣熊兄弟开始执行拯救糖人沼泽的任务，而查普也必须想方设法保住自己的家园。

故事的几条线索同时交叉进行，却有条不紊，像电影一样剪辑得恰到好处。你也许正被浣熊两兄弟逗得哈哈大笑，马上又要为孤独的查普难过起来；也许你刚刚看着耶格与鳄鱼摔跤而紧张得喘不过气，马上又因为能许愿的星星和甜美的糖派而愉悦起来。《糖人沼泽侦察兵》的故事就这样在你耳边曲折跌宕、一刻不停地铺陈开来，令你欲罢不能，非听到最后不可。

《纽约时报》是这样评价这本书的："图书馆员总是说，不是每一本书都适合每一个孩子阅读，但《糖人沼泽侦察兵》就适合！"这真是极高的赞赏！本书的作者凯西·阿贝特身兼数职，既是童书作家，又是诗人，还是教师，当然也是母亲，难怪她那么懂孩子们的心思，那么了解孩子的语言。她已经创作了三十多部作品，从图画书到少年小说，并荣获了包括纽伯瑞奖在内的众多文学奖项，还入围了美国国家图书奖的决选名单。

如果你想知道侦察兵浣熊兄弟是否拯救了糖人沼泽，查普是否逃脱了无家可归的命运；如果你想知道，为什么糖人沼泽的名字是糖人，鳄鱼和巨型响尾蛇交手，谁更厉害，信息总部为何在汽车上，那么就请继续向后翻，听下去吧。

我可以向你保证，故事绝对精彩，文字更是风趣幽默。它亲和俏皮的语言和行云流水般的节奏，太适合大声朗读出来，讲给自己或是别人听了。其间，还有许多鸟类和植物的知识，以及关于神秘的沼泽深处的一切。当然，如果你是一个聪明敏感的小读者——我相信你一定是，那么你会深深地感受到故事带给你的能量。那是坚持和执著的力量，是忠诚和勇气的力量，更是家人和爱的力量。

最后一个问题，糖人到底是谁呢？

赵轩

目录
Contents

第一个夜晚
The First Night

　　剩下的海盗看到这个大树一样高、手掌有蒲葵一般宽的生物，全被吓得屁滚尿流，丢下船逃跑了。阿鲁西斯独自落在后面，他的心脏跳得比飞鱼扇动的鱼鳍还要快。

　　这个海盗船长跪地求饶了！

1
侦察兵军令

宾果和杰玛站在信息总部的屋顶上，蹬直后腿，望着渐行渐远的小妈妈和欧老爸。他们那灰黑条纹的背影在深沉的暮色中变得越来越小。

欧老爸大喊道："孩子们，要为我们争气！"

接着传来小妈妈的声音："千万记得遵守军令！"

浣熊家族世代在糖人沼泽居住，已经有千秋万岁了。从最开始，他们就是正规侦察兵。这是糖人本人在"初始元年"，也就是"时间之初"亲自任命的。宾果和杰玛当然会遵守军令，他们早就将军令牢记于心了。

糖人沼泽侦察兵军令

· 眼观六路

· 耳听八方

· 鼻闻四野

· 彼此忠诚

· 简言之，好好干！

这些军令都切实可行，浣熊两兄弟完全能够遵守。不过，宾果和杰玛可不是普通的沼泽侦察兵。他们其实是情报员，属于侦察系统里一个非常专业的工种。正因如此，他们还要多遵守两条军令：

·始终留心"情报之声"
·如遇紧急情况，唤醒糖人

　　可问题是，没人清楚糖人到底睡在哪里，只知道是在沼泽最深、最暗的某个角落。已经很多年没人见过糖人的踪迹了。
　　更大的问题是，唤醒糖人可不是件容易的事儿。他睡得沉沉的，就像一根木头，一点儿不夸张！
　　最大的问题是，万一他被吵醒后大发雷霆可怎么办？沼泽里的居民都知道，最好离暴脾气糖人远远的。他的火爆脾气可是远近闻名，我们一会儿就能见识到。
　　他还有一条名叫格特鲁德的宠物蛇。
　　那是一条巨型粗鳞响尾蛇。
　　兄弟姐妹们，千万要小心啊！

2
糖 人

糖人的故事，要从昨天、昨天的昨天以前，也许是一百万个昨天以前讲起。事实上，比一百万个昨天以前还要久远，要从数也数不清个昨天以前讲起。那时候，海洋才刚刚涌入墨西哥湾，化作一条缓缓流动的斑鸠河，流经这片广阔而空旷的沼泽地。

沼泽地在这片大陆的最南端，经过长年累月的日晒雨淋，滋养出百万种动物和花草树木。正如一棵大树从肥沃的红土地中拔地而起一般，不久后，一个生命同样从沼泽地里自行孕育而出。

他比大脚野人还要高，也比阿富汗野人高，更是比喜马拉雅山雪人高太多了；他的四肢坚硬粗壮，仿佛四处扎地生根的新生的雪松；他的双手像剧蒲葵一样又宽又大；他的头发看起来就像挂在柏树丛阳面的铁兰藤；他身体的其他部分长满粗糙的黑毛，就跟生活在那里的美洲黑熊的皮毛一个样。

可以说，他是这片沼泽地里所有生灵的集合体，每一个生灵：鸭子、狐狸、蜥蜴、鲶鱼，还有猪笼草、麝鼠和白蚁……

宾果和杰玛当然知道这段历史。

小妈妈和欧老爸不知道讲过多少次了。

许多年过去了，糖人的年纪越来越大，也变得越来越嗜睡。别忘了，他在那儿待的年头数都数不清，甚至在我们用年份来记录时间以前，他就在那儿了。虽说糖人年纪大了，还总是困倦，但别以为他就不能将一条鳄鱼举过头顶，抡圆了丢出去。可别想错了！事实上，每次一发脾气，他就喜欢扔东西。

总而言之，惹怒暴脾气糖人实在不是什么好主意。

3

情报员

　　然而此时，宾果和杰玛的心思并不在糖人身上。他们正站在信息总部的屋顶，遥望着爸爸妈妈的身影缓缓没入沼泽深处茂密的丛林中。宾果努力将身体挺得高高的，行了个军礼。当他转身看向弟弟时，发现杰玛几乎要抽泣起来。眼泪极其容易传染，特别是在兄弟间。宾果可不想哭。他捏紧鼻子，不让眼泪夺眶而出。他不能落泪，决不能！男儿有泪不轻弹。

　　他知道自己会想念小妈妈和欧老爸。其实，他已经开始想念了。可兴奋比思念更强烈。于是他用力地擤了擤鼻子。

　　"我们是情报员。"他说着，拍了拍弟弟的背，然后在德索托汽车的车顶上跳了一小段两步舞。

　　你没听错，是德索托。

4
德索托汽车

1928 年，沃尔特·克莱斯勒推出了一款新型汽车——德索托。它的名字源于西班牙探险家埃尔南多·德索托——这有点儿装腔作势。上市刚一年，德索托就生产了81065 辆，创了纪录，比庞蒂亚克车还要多，还超越了克莱斯勒和格雷哈姆－佩奇。

除非拥有一辆德索托，否则你只能算个无名小卒。

如今，世上已经没几辆德索托汽车了。它们中有的停在被遗忘的车库里，等待着主人再把它想起；有的被细心呵护珍藏，只在国庆大游行或者类似的场合，才被主人拿出来自豪地炫耀。可惜，大部分德索托汽车都被丢进了废弃场，或是被遗弃在荒草蔓生的地方生锈。总之，你很难再找到一辆德索托汽车了。

可是，有一辆德索托，一辆 1949 年产的运动家款德索托，却在斑鸠河畔的一座小山包上停了六十多年，长久地俯瞰着河水。（当然，沼泽地的历史更长久，长久得多。）

自从 1949 年起，这辆老旧汽车就在那儿纹丝不动，没向东边移一分，也没向西边挪一毫。它曾经亮闪闪的绿漆已经变成一层落满灰尘的斑斑红锈，而引擎盖上旧时探险家埃尔南多·德索托的半身像，依然凝视着前方。多少年来，汽车停在那里，车门紧闭，里面空空如也。它缓缓地陷入潮湿的红土中，一年下陷一点儿。与此同时，繁密的树藤和蕨草在泥泞的沼泽地里茁壮成长，渐渐爬满车身车顶，直到将汽车完全包裹在里面。

无数的动物路过它身边，有些甚至爬上过它的车顶，可没有谁注意到它。车身上满是灰尘的红锈与斑驳的绿漆像极了红土与藤蔓的颜色，构成完美的伪装。即使人类划着独木舟，沿斑鸠河逆流而上，也会与它交错而过。

如果你碰巧发现了它，迎面看着，你可能会觉得那是一个汽车怪兽，或者以为自己的眼睛出现了幻觉。毕竟，汽车是用来开的，不该孤单地躲在泥土和灌木丛下面。令人伤心的是，它很可能会自己滑进河里，它太孤单了……它很可能……要不是因为浣熊，它好几次差一点儿就……

浣熊们能在任何地方构筑舒适的巢穴。地洞里、废弃的厕所、不用的烟囱、垃圾桶、树洞或者旧水箱……在数不完的地方，他们都能安居乐业。

你可能想不到，一辆报废的德索托汽车也会是他们安家的场所。多亏了下面潮湿的土壤，汽车副驾驶一侧的地板上最终锈蚀出了一个小洞，开了一个入口。

不久后，一对满身条纹的浣熊夫妇发现了这个洞口，于是来这里安家落户。这儿真是个完美的居所，太适合养儿育女了。他们留了下来。这最初的一对浣熊正是宾果和杰玛的曾曾曾曾曾祖父母。

这辆破旧的汽车非常舒适，完全可以成为浣熊家族世世代代的繁衍之地。可一天夜里，一道闪电劈下，浣熊们身上的每一根毛发都竖立起来。突然间，汽车仪表板上所有的数字和刻度盘都亮了，浣熊们还看到引擎盖上射出一道诡异的橙色光芒，像是渐渐熄灭的萤火虫之光。这是一个历史性的时刻，正是在那时，他们第一次听到了至关重要的"情报之声"。声音来自仪表板的方向，更确切地说，是广播发出的，而后随隐形的声波在车内流动。它说："今日有雨。"果然就下起雨来。从那以后，这辆德索托汽车就成了糖人沼泽侦察兵的信息总部，而新近的情报员正是宾果和杰玛。

情报之声从没撒过谎，一次也没有。

5
查 普

在另一边，这里少有的人类成员之一查普·布雷伯恩却说了一个谎。当妈妈询问他是否还好时，他回答："是的，很好。"可他知道这不是真心话。几天前，他的外公奥迪·布雷伯恩去世了。从那以后，一切都变得不好了。他只有十二岁，而那个全世界最好的外公，那个教会他很多东西，甚至比母亲对他影响还大的人，进入了柏树林的坟墓，蜷缩在巨大的根须触手中，就那么完完全全地死去了，都没来得及说一声再见。查普一点儿都不好。

而且，奥迪外公的去世可谓祸不单行。外公并没有徘徊逗留，直接"去见他的造物主了"——哈德利老兄在河边的小礼堂里一遍又一遍地这样说。

葬礼上，每个人都对查普说："孩子，你现在是家里主事的男人了。"可查普都不确定自己做男孩的日子够不够呢。不过，看到妈妈沮丧的脸，他知道自己必须像个男人一样撑起这个家。特别是此刻，他们的房东、整个糖人沼泽的官方所有者索尼博伊·博库，突然毫不留情地涨了他们家咖啡馆的房租。那可是他和母亲唯一的容身之处和收入来源。

索尼博伊要的不是一小笔钱，而是一整船现金。

"我们可能不得不离开了。"收到通知的时候，妈妈说。

离开？离开这片沼泽，离开这里古老的树木，离开这条水量丰沛、曲折蜿蜒的斑鸠河，离开这里千百万的昆虫和油绿的青椒？远离这所有的一切？光是想一想，查普的喉咙就开始灼烧，就好像点燃了一整盒火柴。他真的一点儿都不好。他试着吞咽口水以浇熄喉咙里的火，可不管用。

还有象牙喙啄木鸟呢？查普知道，在这个世界上，只有少数人还相信象牙喙啄木鸟仍存活于世。可奥迪外公却向查普保证，他们仍然活着。"我甚至还拍了张他的照片，"奥迪外公对他说，"那可是独一无二的宝丽来照片！就在不久前。"查普明白，这个"不久前"指的是1949年，六十多年前。

查普手中拿着外公的旧鸟类写生簿。自从奥迪外公丢了他那独一无二的宝丽来照片后，他就再没拍过任何照片。他开始用画画来代替照相。写生簿中有奥迪外公曾经见过的每一种鸟类的粗略的图画。奇怪的是，尽管他声称曾拍到过象牙喙啄木鸟的照片，可写生簿上却没有这种鸟的素描。奥迪外公曾经说过："如果再见到他，我就画下来。"然后他加了一句，"只要沼泽还在，那鸟儿总会回来的。"因此，在写生簿的正中间，有一页空白的纸，在等待着那幅画，等待着那只鸟。

查普用手掌摩挲着写生簿的皮质封面，然后把它放到面前。它闻起来就像野生甘蔗、牛蛙和红土的味道，就像奥迪外公的味道。查普灼热的嗓子又升温了。

他打开写生簿，快速地翻看着那些图画。没有一张是完美的，完全不像是外公所说的"博物馆馆藏品质"。而且每一幅图画上，他都加了一些好玩儿的东西，比如他给棕鸫的腿上画了一枚钻戒，在红翅黑鹂的头上画了一顶小帽子。

他告诉查普，棕鸫太普通了，"他需要活泼点儿"；而红翅黑鹂很精悍，所以"他当然得戴一顶帽子"。奥迪外公就是这样。正因为要加上自己的古怪元素，他始终尽力捕捉着笔下每一种鸟类的习性。

查普想，没有人能比奥迪外公更热爱鸟类了。他凝视着空白的一页，那本应画上象牙喙啄木鸟的一页。

外公一次又一次地说："我们会找到他的，老朋友！"可现在呢？如今奥迪外公已经去世了，那一页却空空如也，查普不得不赶紧合上写生簿。他的喉咙很疼。

更糟糕的是，他听到了妈妈房间里传来的声音。"Nosotros somos paisanos.（西班牙语，意为"我们是同胞"。）"

查普并不想听到这句话。这是外公的专属信息，只在他和外公两人之间传递。每天晚上睡觉前，外公都会对他说这句话。这和他的大名"查帕拉尔（Chaparral）"有关，走鹃鸟的别称就是"查帕拉尔"。大多数鸟类都有一个关于自己的传说，而走鹃鸟的传说正是他真挚而忠诚，就像是同胞一样。

奥迪外公在走鹃鸟的素描上画了一颗大大的心，就画在走鹃鸟胸前的正中位置。那是查普出生的那天，外公添上去的。查普能看得出，外公擦去了这一页最下面的"roadrunner（走鹃）"这个词，又在上面写上了"Chaparral（查帕拉尔）"。于是这只鸟有了个一语双关的名字："Greater Chaparral（大走鹃、伟大的查帕拉尔）"。

"Nosotros somos paisanos.（西班牙语，意为"我们是同胞"。）"奥迪外公在他生命里的每一个夜晚都对他重复着这句话。查普知道，此时妈妈喊这句话是好意，可这并没有安慰到他，反倒形成一朵巨大的寂寞的云，盘旋在他的头顶。他闭上了眼睛。要不是这时候，他的猫斯威特跳上床，吓了他一跳，他很可能就哭出来了。哭哭啼啼的可不像个男人！

6
长叶任务

糖人沼泽侦察兵的工作内容之一是执行任务。爸妈离开至少一个小时了，宾果感到很无聊，早就过了执行任务的时间。他坐在信息总部的前座上，对着仪表板上方的后视镜，向后梳理着他的毛发，长久地端详着自己帅气的、黑白相间的脸，还有那尖尖的小耳朵，然后叫道："杰玛？"

"嗯？"弟弟的声音小到几乎听不见。

杰玛正忙着从后座椅背和椅垫之间的缝隙中挖出卡在里面的旧垃圾，然后丢到副驾驶座后面的地板上。

宾果只说了两个词："长叶任务。"他等待着。一片沉默。他又等了一分钟。

还是沉默。

终于，杰玛冒出了头。他漆黑的眼眸在黑暗中闪闪发光。他脸上那黑色面具似的条纹与宾果的一模一样。其实在旁人看来，这兄弟俩几乎完全一样，只是宾果的两只耳朵之间挺立着一小撮毛。对宾果来说，这是他某种恐惧的来源，他时不时就把它向后梳一下。唉，这撮毛从来也不听话。

回到任务上。正当杰玛的两眼放着光时，宾果宣布："我要去爬长叶松。"

这引起了杰玛的注意。"为什么？"他问道。

宾果坐直身子，说："因为侦察兵需要执行任务。"他回头望着杰玛，几乎能看到杰玛脑袋上戴着顶隐形的思考帽。宾果也知道，杰玛十有八九在想叔祖父巴尼奥的事。

沼泽地里的每个居民都知道叔祖父巴尼奥的悲惨命运。老侦察兵巴尼奥因为能爬到最高的树的顶端而声名远播。他爬得太高了，以至于你站在森林的地面上根本看不到他。其他人只能通过鸟儿的话知道他到底爬了多高。鸟儿们飞过时，他会向他们挥挥手。然后，鸟儿们轻快地飞回地面，告诉大家他爬得有多高。

一只知更鸟宣称："至少有一百英尺。"

红尾隼说："我看有一百二十英尺。"

"哇哦！"地面上所有的人都发出了惊叹。

可是，叔祖父巴尼奥的传说已经成为了过去，他不在这世上了。有一天，他爬上了火炬松的树顶，不巧一场狂风暴雨袭来，把他困在了风暴之中。叔祖父还没来得及爬下树，树枝就裹挟着他和树上的一切断裂下来，跌向地面。

一段传奇故事，却有一个遗憾的结局。

小妈妈把这段悲剧给兄弟俩讲了一遍又一遍。此刻，宾果正越过座椅看着杰玛。果然，杰玛那顶隐形的思考帽压了下来，压到他的眉毛，让他眯起了眼睛。而这更让宾果下定了决心。

杰玛说："我认为那不可行。"

宾果就知道杰玛会这么说，他早就猜到了。杰玛和小妈妈一样，总是很务实。可宾果不一样，他更像欧老爸，总想来点儿冒险和刺激。而且，在宾果的内心深处，他知道自己继承了叔祖父巴尼奥的特殊才能：他是天生的爬高能手。

再说了，不执行任务，他们怎能算是真真正正的糖人沼泽侦察兵呢？

像是能读懂宾果的想法似的，杰玛又说："我已经在执行任务了，任务名称是'清理信息总部'。"

宾果用手掌拍了一下杰玛的额头："那不叫执行任务，那是做家务。"

"可这后面有各种各样的东西……"杰玛刚要辩解，宾果就打断了他的话。

"杰玛，"他说，"我总感觉在长叶松的最高处有什么东西，我一定要去看一看。"他的四肢都在蠢蠢欲动："爬上去！爬上去！"

"什么？"杰玛问，"长叶松的顶端还能有什么呢，不就是长长的叶子吗？"

这是个好问题，上面会有什么呢？

宾果觉察到自己两只耳朵中间的那撮毛立起来了，可他同样感受到了手脚中的兴奋。

宾果说："只有完成任务，答案才会揭晓。"

杰玛抓了抓自己的左耳。宾果说得有道理。然后，他的后背一阵战栗，他希望宾果没发现。因为，倘若有什么是让杰玛羞愧难当的，那就是他痛恨爬树。

好吧，咱们实话实说吧。杰玛有恐高症，他自己也非常清楚这一点。哥哥宾果要一步步爬上森林里最高的长叶松的顶端，光是想一想，他就害怕得不得了。他会晕眩……会吓得要吐出来……就是那么害怕。

他瞪着宾果，把眼睛紧紧地眯起来。他知道，有时候眯眼睛这招对宾果很管用。可今晚，他们离开小妈妈和欧老爸独自执行任务的第一个夜晚，宾果似乎下定了决心要去爬那棵树。

7
响尾蛇

叮叮，笃笃……

如果你听过象牙喙啄木鸟的声音，大概就是这样的。

嗤嗤嗤嗤嗤……

如果你听到这种声音，赶紧转身逃跑！

粗鳞响尾蛇！

嗤嗤嗤嗤嗤……

8

爬树能手

所有人都知道，浣熊是爬树能手。你总能看到他们坐在一根二十或三十英尺高的树枝上。可如果再高一些，他们就不行了。他们不像鼯鼠那样身形小巧，腋下有能滑翔的小翅膀。浣熊们的下盘有点儿重，因此，如果他们爬得太高，树枝就会弯折下来。总之，浣熊们一般不会在树上爬得太高。

至少大多数浣熊不会。

可宾果不是大多数。他能感受到手脚中的冲动。他将双手举在仿佛戴着面具似的脸的前面，感到它们开始发痒，它们迫不及待地要去攀爬。这正是他想做的事，没有一丝迟疑。

"这是我的任务。"他说。

长叶任务。

杰玛可以待在信息总部里，继续清理后座，可宾果不行。他要去征服一棵树。

去吧，宾果！

"我出发了！"他说。杰玛没有回应。宾果等待着，至少给弟弟一个一同前往的机会才公平。毕竟，他们从来不曾丢下彼此，单独去执行任务。

杰玛将他那顶隐形的思考帽用力向下拉，紧紧眯起了眼睛。他什么都没说，一句话也没说。

"好，"宾果说，"我真的要出发了。"

眯眼睛。

然后宾果缓慢地挪向汽车副驾驶一侧的出口。他转回头看了看。

眯眼睛。

"再见！"他挥手告别。

眯眼睛。眯眼睛。眯眼睛。

杰玛用尽全力地眯眼睛，把两眼眯成了缝儿。他和宾果是搭档，是二重唱，是兄弟。军令说要彼此忠诚，杰玛能让宾果一个人去执行任务吗？

啊！他想大喊一声。

可就在宾果刚要钻出去的时候，他们同时听到了那个声音：噼里啪啦、嘀嗒……雨！

一眨眼的工夫，大雨倾盆而下，然后……

咔嚓！一道耀眼的闪电划破天空，险些击中这辆老旧的汽车，电流让兄弟俩的毛发都竖了起来。

"好险！"宾果说。

"你觉得快了吗？要来了吗？"杰玛问。

"如果我们幸运的话！"

他们等待着，可等的时间并不长。显然，那道巨大的闪电足以令德索托车里的旧电池充足了电，电流传入生锈的线缆、开关和导管，然后嗞的一声，仪表板上亮起淡紫色的光。

"情报！"两个侦察兵同时喊道。

杰玛放弃了他的清理任务，迅速爬到前座，坐到宾果身边，说："做好准备！"

宾果两只前爪握紧方向盘。仪表板上的数字在黑暗中闪着光。然后……嘶嘶……哔哩哔哩……啊哦呜咿……一个声音，一个深沉、响亮、清晰的声音——情报之声，随着电波流动出来："……现在也许正在下雨，可一会儿就会雨过天晴，天空少云……"然后，声音消失了，紫色的数字也消失了，正如它出现时那么突然。

"收到！"宾果说。

"收到！"杰玛重复道。

兄弟俩都行了军礼。作为最新上任的情报员，他们遵守了特别军令第一条：始终留心情报之声。情报之声回荡在空气中，它不是一个吓人的声音。它总在一道闪电击中附近之后，偶尔从仪表板中发出。

当然，在这个初夏时节，沼泽中雷雨频现，几乎夜夜都有。我们的侦察兵或许并不知道，德索托汽车的金属外壳最容易吸引雷电。毕竟，除了那些不负责任的露营者丢弃的、漂流在河里的铝罐子，糖人沼泽里还能有什么其他金属呢？

　　过了一会儿，雨小了，雨点不再无休无止地敲打车顶。宾果盯着暗下来的有刻度盘和按钮的仪表板，将双手放在方向盘上，然后抓了抓他的右耳。他们接收到的情报信息里没有什么特别重要的内容，全是非常标准的事情，现在下雨，一会儿少云。几乎没必要广播。"为晴天少云做好准备。"小菜一碟，晴天没什么可准备的。

　　既然如此，宾果要先去爬一棵树。杰玛顾不得他那顶隐形的思考帽，说："我也去。"

　　宾果头顶的那撮毛直立起来。他咧嘴笑了。

　　"你要是掉下来，总得有人接着你。"杰玛说着，心想如果有人接住叔祖父巴尼奥就好了。

　　宾果可没打算掉下来。树顶端有什么东西他一定要去看看。他十分确信。他是一个执行任务的侦察兵。长叶任务。

9

天堂咖啡馆

其实，德索托汽车并不是沼泽里唯一的金属。往北差不多一英里的地方，有一座木质建筑，宽敞的前廊正对着马路，路的名字叫"主路街"。房屋后面有个阳台正对着河流，它有一个锡铁的屋顶。除了前面提到的苏打水和啤酒罐，这屋顶也可能会吸引来偶然的闪电，可它的避雷针却让它免于被雷电击中。

房屋的前厅是天堂派咖啡馆，后面是去世的奥迪·布雷伯恩的家。奥迪和他的女儿，还有外孙查普正是天堂派咖啡馆的主人。

查普正坐在他的卧室里，抬头看着屋顶的吊扇在他的床上方缓慢地旋转，努力回忆着外公曾经告诉他的关于象牙喙啄木鸟的一切。他知道，当初奥迪外公来到这片沼泽，就是因为这种鸟。也是因为这种鸟，外公留了下来。为什么奥迪外公这么确信象牙喙啄木鸟会在这里呢？

"我拍到过一张他的照片。"外公曾经对查普说。

查普想，要是我有那唯一的一张照片该多好。

奥迪外公曾经告诉他："照片就在那辆德索托汽车

里。"可这一点儿都没用。他们几乎每天都在沼泽中漫步，去搜寻那辆旧车的踪迹。有时候，他们步行前往，有时候，他们乘着独木舟，沿着斑鸠河来来回回。

正是在某一次搜寻时，奥迪外公告诉查普，他曾经在斑鸠河的岸边见过糖人。

"外公！"查普当时惊叫道。查普明白，相信外公关于啄木鸟的故事是一回事儿，相信他见过糖人是另一回事儿。

尽管如此，奥迪外公如此笃信地谈起啄木鸟和糖人，查普忍不住全然相信。毕竟，外公从来没骗过他。至少，在查普的记忆中从来没有。

重要的是，奥迪外公告诉过其他人啄木鸟的存在，可除了查普，他从没对任何人说起过糖人。查普知道为什么。

"如果外面世界的人认为他们能够找到糖人，他们就会蜂拥而至，竭尽全力抓捕糖人。"外公对查普说，"他们会踏遍这里每一寸土地，对着见到的蛛丝马迹开枪。总之，他们很可能会射杀彼此。"

于是，问题来了，查普很想知道："难道他们不会都跑到这儿来寻找象牙喙啄木鸟吗？"

外公停顿了一下，然后说："会的，可那情况不同……为了糖人蜂拥而至的可不是小蜜蜂，而是大黄蜂！"

奥迪外公举了个例子。曾几何时，有一队村民被激怒了，下定决心要抓住糖人。

似乎是某个从东海岸来的人曾经告诉他们食人族的故事，吓坏了这一群人。食人族凶残而可恶，于是他们就认为糖人也同样凶残而可恶，尽管食人族和糖人之间毫无关联。他们只知道要将糖人除掉。

　　于是，他们带着绳索、斧头和猎枪，骑着高头大马踏遍沼泽。日复一日，他们捆绑、砍杀和射击各种东西。过了一些日子，他们厌倦了整日骑着疲惫的马在沼泽里游荡，特别是受不了那些蚊子和刺藤。所以，最终他们放弃了，可他们已经踏烂了兔子窝，割断了老树藤，踩坏了雀巢，基本上把这里弄得一团糟。

　　他们连糖人的影子都没见着。"可万一他们见到了呢？"外公问。查普思考着他们的绳索、斧头和猎枪。很快他想到了那种情景。大黄蜂，一大窝大黄蜂。

　　查普不明白，如果糖人沼泽没有了糖人，还怎么能是糖人沼泽呢？

　　查普深深地吸了一口气。他看着四周高大的树丛，树枝上垂挂着长长的青苔。他看到了跟在鸭妈妈身后，游弋在斑鸠河缓慢水流上的小水鸭，他凝视着垂入水中的墨绿色的纤细柳枝。

　　"这里是天堂，老朋友。"奥迪外公曾经舒展着双臂说道。查普接着说："我们来自同一片土地。"然后，他也伸开了双臂。他尽全力伸展着双臂，仿佛整个沼泽都在他的怀抱之中。

此刻，查普窗外的雨小了。"同一片土地，"外公的声音回荡在他的脑海，"我们是同胞"。

他再一次用手指摩挲着旧写生簿的边缘。寂寞的云膨胀起来。这片沼泽地叫做糖人沼泽，可它本来能以外公的名字命名的——奥迪·布雷伯恩沼泽。他的外公如此深沉地爱过这边土地。

查普同样热爱这里。

同一片土地。

家园。

10
肥猫斯威特

可问题是，这片家园的所有者是索尼博伊·博库，他想要一整船的现金，否则……

否则……否则……否则。两个多么微不足道、却尖刻可恶的字。一个简单的词。可查普完全明白这个词的意思：痛失家园。

"不行！"葬礼上，人们对他说的话都没错。外公不在了，查普就是家里主事的男人。是的，他已经想到了筹集那一大笔钱的办法。他会凑齐一船现金的。想到这些，他灼热的喉咙冷却了一点儿。他努力地咽了一大口唾沫，吞下最后一点灼热。一阵清爽的微风穿过敞开的窗户吹进来。

他迷迷糊糊地睡去，没注意到远处那古怪的轰隆隆、轰隆隆的声音。

然而，斯威特注意到了。这只姜黄色的肥猫卷起尾巴，紧紧绕在脸上，闭上了眼睛。他很肯定，那不是一般的轰隆声。明天他得警告家里的人。可家人们总是不学习猫语，想警告他们实在太难了。

11

红色的星星

雨一停，我们的两个侦察兵就从信息总部副驾驶一侧的入口处钻了出来，然后深深地吸了一口午夜的空气。空气还很潮湿，可雨已经过去，天空放晴了，只是偶尔有几片云朵飘过。正如情报之声所说：天晴，少云。也正如宾果和杰玛透过茂密树丛的枝干缝隙看到的景象一样。他们就等着这番景象呢，所以一点儿也不吃惊。

在今晚这个焕然一新的时刻，宾果脑子里装着一件事，一种奇异的感觉：爬上去。

杰玛脑子里也有一件事：不能让宾果和叔祖父巴尼奥有一样的悲惨命运。他还没下定主意，脑子里出现两个念头。第一是跟着宾果爬上树，他打了个冷战，赶紧打消了这个念头。

可第二个念头也不怎么样：站在树下，如果宾果摔下来，接住他。杰玛脑海里出现了两只摔扁的浣熊，像是一摞带条纹的烤饼，只不过没加黄油和糖。

然后他突然想到，还有第三个选择。他可以把头上那顶隐形的思考帽拉下来盖住眼睛，这样他就看不到宾果不要命地爬树了。即使哥哥摔下来，自己也不会有幸见证，更不会不得已前去搭救。尽管杰玛不得不承认这是胆小鬼的想法，可这似乎是最合情合理的方案了。

可惜，杰玛的这些念头没减慢宾果的脚步。当他们到达长叶松树下时，宾果轻轻拍了拍杰玛的头，说："在这等着，看我的。"说完，他毫不迟疑地爬了上去。就那样，十英尺，二十英尺，三十英尺。他的条纹背影越来越高。

宾果爬得越高，感觉越好。哈，他想，我是天生的爬树能手！他扬起鼻子呼吸，森林的地面上常有的泥土和腐叶的气味消失不见，取而代之的是全新的味道，新鲜的松树的味道，清新、清爽，又清凉。他深深地吸了一口气。哦，多么愉快的夜晚啊！这里和漆黑、拥挤的信息总部完全不一样，一点儿都不同！他继续向上爬。

可正当他准备爬上最后一段时，起风了，树摇晃起来，树枝咯吱作响。

"哇哦！"他大叫一声，紧紧抓住树干。

"宾果？"杰玛的声音传了上来。

宾果能听出弟弟的担忧。他抓得更紧了。他拒绝向下看，反而抬头向上看去。树的顶端在召唤他。他就快爬到顶了，只差十几英尺的距离。他盘算着，可以用最快速度爬到顶端看一眼，然后赶紧下来。

他又听到了杰玛的呼唤。"宾果！"杰玛的声音听上去更担心了。上，还是下？上，还是下？

"宾果？"

他来不及多想，一蹬腿便窜了出去，上——上——上——他爬到了树的最最顶端。

胜利！这是无上荣耀，拿出饼干，放声高唱吧！宾果陶醉在自己的壮举中。他以前从来没在树梢顶端俯望过，从来都是抬头望着树枝。此刻，他能看到绵延不尽的树冠在深蓝夜空下灰黑的影子。多么壮丽的风景！

借着星光，他还能看到下面波光粼粼的斑鸠河。它从没像此刻这般美丽，宛如一条蜿蜒曲折的银丝带。

他直起身，抬头仰望天空。头上星光闪耀，繁星满天！它们在夜空中流动闪烁，与下面的河流交相呼应。所有的星星都是白色的，唯有一颗不断眨眼的星星是红色的。

他想，从来没人告诉他还有红色的星星。然后他突然想到，也许，只是也许，这颗星星就等着他来发现呢。当然是这样！

"我有了新发现！"他对着下面的杰玛喊道，"一颗红色的星星！一颗闪烁的红色星星！"

杰玛大声问："什么样子？"

"闪烁的红色星星吗？"宾果说。他想说"咄"，可它实在太耀眼了，他没法说得这么轻巧。接着，他想到两个词：喔！嗬！

这是重大发现。糖人沼泽侦察兵历史上从来没有人发现过闪烁的红色星星。然后他想到，嘿，发现者有权为自

己的发现命名，不是吗？

可一颗闪烁的红色星星应该叫什么名字呢？

他凝望着那颗星，一闪一闪，忽明忽灭。当他再望向其他星星时，它们全都变得遥不可及，唯独他的红色星星似乎近在咫尺，就好像它正在等待着他——宾果——来发现它。

这是他的专属星星，它值得拥有一个特别的名字。他唯一听过的星星的名字就是亮晶晶。当他还是小孩子的时候，欧老爸曾经唱过一首歌给他听，歌里面的小星星就叫亮晶晶。

不行。

这可是一颗红色的星星，它还会眨眼呢。

突然间，他想到一个绝佳的名字。他宣布："我要管你叫'眨眼睛'"。和亮晶晶的名字还押韵呢。人们都知道，浣熊可聪明呢！

12
鳄鱼摔跤冠军

"聪明"也能用来形容另一个人，那就是北半球鳄鱼摔跤世界冠军。耶格·史迪奇很清楚自己要什么——名利双收。她对此极度渴望。

她也非常清楚如何名利双收——把糖人沼泽变成鳄鱼世界摔跤竞技场和主题公园。要建竞技场，就得砍伐掉数百棵老树，清理出空间。她知道有数百万人叫嚣着要来看独一无二的耶格·史迪奇——这个北半球的鳄鱼摔跤世界冠军，因此还需要填满至少两千英亩的沼泽地，为这些人建一个停车场。

不好！她已经在和一档电视真人秀节目洽谈这些事情了。

耶格·史迪奇身上有哪怕一丁点儿正派吗？她的确很感激这片沼泽地孕育了小鳄鱼。另外，她计划修建一个游泳池。如果她能够自己在游泳池里面养这些小东西，她为什么需要一个大自然的育儿室呢？她还可以额外收费，让人们和小鳄鱼们一起游泳……还有他们的妈妈。再说了，古老的枯树和又脏又臭的沼泽地有什么用呢？

这完全是她的观点。

的确如此，如果你想一想，似乎在耶格·史迪奇身上还真找不到一点儿正派的东西。"聪明"这个词似乎也不适合她。

让我们用"发愤图强"这个词形容她吧，似乎更合适些。

13
三百年前的协议

　　也许你会问，耶格·史迪奇要怎么将她那双贪婪的小手伸向整个沼泽地呢？答案是，她将贪婪的小手伸向了索尼博伊·博库。

　　博库实业公司拥有这片沼泽地三百五十年了，甚至早在法国政府通过一个叫"路易斯安那购地"的小交易，把它卖给杰弗逊在任的美国政府之前，作为交易的一部分，狡猾的海盗阿鲁西斯·博库就以极低的价格买下了这片沼泽地。斑鸠河一带交错的水路和茂密的柏树林，为猖獗的海盗们提供了理想的藏身之处。

　　当然，糖人对阿鲁西斯的事一清二楚。毕竟，他定期从他值得信赖的侦察兵那里得到关于海盗们的报告。在糖人看来，海盗们似乎并没有做什么损害他心爱的沼泽的事。另外，他们时不时地来一次鳄鱼烧烤，似乎遏制了当地鳄鱼数量的增长。为此，他的宠物响尾蛇格特鲁德代表她的同胞们深表感激，因为鳄鱼们时常会吃响尾蛇。同时，海盗们也没有用讨厌的大炮和毛瑟枪猎杀糖人，或是用些小剑捅他。

　　唯一的问题就是船歌了。海盗们最喜欢唱船歌。他们唱着一首歌升起桅杆，唱着另一首歌降下桅杆。他们唱着歌洗刷甲板，还有几首歌是喝格罗格烈酒时唱的，更多的歌唱给逝去的爱情。

可有一天，他们开始唱一首新船歌时，刺激了糖人的神经。你知道那情景，一首歌不断地播放，一遍一遍又一遍，直到成为你脑子里挥之不去的旋律。然后不论你怎么做，这首歌只会不断地自动回放，直到把你折磨疯。

没错，那首歌把糖人折磨疯了。在这儿就不重复了，我们可不想把谁听疯。糖人无法入睡，无法集中精神，无法把那可恶的东西赶出脑海。他刚觉得平静一点儿，海盗们唱得更大声了。他们甚至加入了手风琴伴奏——这种即使在最美好的环境下也很令人讨厌的乐器。

最后，糖人再也忍受不了了。他踏着重重的步子穿过沼泽，到达海盗的驻地，随手抓起了几个海盗，抢过头顶，向四面八方扔了出去。海盗们有的落在了树冠上，有的落在了鳄鱼的背上，有的落入了墨西哥湾。

剩下的海盗看到这个大树一样高、手掌有剧蒲葵一般宽的生物，全都吓得屁滚尿流，丢下船逃跑了。阿鲁西斯独自落在后面，他的心脏跳得比飞鱼扇动的鱼鳍还要快。

这个海盗船长跪地求饶了！

糖人明显占了上风，他让阿鲁西斯用自己的鲜血写下了一份协议。

协议：我，阿鲁西斯·博库，还有我的子孙后代，郑重承诺，永远保护这片沼泽和这里的一切生灵。否则接受暴脾气糖人处置。

签名：A.博库

附注：保护的内容包括不能用水手船歌骚扰沼泽。

虽然是海盗，可阿鲁西斯兑现了他的诺言。他确保沼泽和这里的生灵不受侵扰。博库家世代子孙都要读那份血书协议，并宣誓忠于协议。毕竟，那个大家伙饶了他们祖先的性命，他们应该感恩戴德。

他们曾经是仁慈的博库家族。

当然，那都是很久以前的事了。索尼博伊不是阿鲁西斯，他和海盗或是传说中的长毛巨人都没什么来往。对他而言，三百年前签订的协议早就失效了。他才不在乎字里行间是谁的鲜血，尽管他自己的血管里也流淌着几小滴相同的血液。

在索尼博伊看来，糖人沼泽是他自己的，他想怎样就怎样。他刚一继承财产，就开始寻找愿意在沼泽投资的开发商了，希望能多带来些收益。可除了天堂派咖啡馆的主人奥迪·布雷伯恩，极少有人问津。

为什么呢？

嗯，首先，我们讨论的是一片沼泽地，不是一片有连绵起伏的小山丘和嬉戏的羊群的绿油油的草场。这里有的是扎人的刺藤，嗡嗡叫不停的成群的蚊子，厚重的、潮湿的空气像条围巾一样包裹着你的脖子。这里还有鳄鱼、水蝮蛇、食肉猪笼草、史前负鼠和他们的孩子小史前负鼠。总之，这里不是中央公园。绝不是。

然而另一个原因绝对是因为奥迪·布雷伯恩坚信象牙喙啄木鸟依然生活在这里。他甚至声称曾经在1949年拍过一张它的照片。

每次有人想在这片沼泽地里开展业务，他们很快会听说奥迪的故事，然后就到此为止了。奥迪说服他们相信干枯的树木是最完美的筑巢地点，这里充满了象牙喙啄木鸟喜欢的甲壳虫，糖人沼泽里的一切条件都恰到好处。因此，没有人想要打扰这种全世界都珍视的鸟的栖息地。

这让奥迪·布雷伯恩成了索尼博伊·博库的眼中钉、肉中刺。

索尼博伊·博库才不在乎象牙喙啄木鸟或奥迪·布雷伯恩和他疯狂的故事。奥迪有那只著名的、独一无二的鸟的照片吗？不，他没有。

所以，当奥迪去世后，索尼博伊看到表明立场的机会来了。于是，他同意让耶格·史迪奇使用两千英亩的糖人沼泽建造她的鳄鱼世界摔跤竞技场和主题公园，代价是门票收入五五分成。不用介意亲爱的老奥迪会怎么想，他已经去世了。对索尼博伊而言，奥迪的租约也到期了。布雷伯恩一家想继续待在这儿的唯一方法，就是支付给他满满一船的现金。也许吧。

14
糖人的怀念

糖人也知道奥迪去世了。在森林最深、最暗的角落里，他在睡梦中动了动。有太多逝去的东西了：候鸽、卡罗莱纳长尾小鹦鹉、乳齿象（没听错，乳齿象）、海盗们，还有奥迪·布雷伯恩。

糖人想念那逝去的一切。

15
宝丽来相机

1947年，一个叫埃德温·兰德的科学家发明了一种可以即时显影的照相机。他将这个发明命名为"宝丽来·兰德照相机"。在那之前，摄影师们需要一间暗房和许多化学药水才能冲印照片。

一卷宝丽来·兰德照相机的胶片能照八张照片。只有八张。相机也很小巧，比一个鞋盒子还小。你可以将它塞进一个扁平的盒子，然后拴根带子挂在肩上。

一个认真的摄影师知道每次按下快门都是独一无二的，因为没有底片。每一张宝丽来照片都是绝无仅有的，没有办法复制。因此，拍摄者会万分小心地保护好每一张照片。一旦按下快门，他们会将照片从相机尾端拉出来，沿着孔线轻轻地撕下，让照片和相机分离。然后足足等上一分钟、两分钟或者三分钟，等包装纸里的照片显影成像。这几分钟的等待是漫长的。等待之后的心情就像是要拆开一份圣诞礼物。照片会和你想象的一样完美吗？直到摄影师将照片背后的薄膜撕掉，用拇指和食指捏住照片挥舞几下，使照片变干以前，你是不会知道答案的。最后一步是给照片涂上一层黏稠的保护材料，再在空气中挥舞几下，这张照片就永久地"定型"了……只要把它放在一个又高又干燥的地方。

正因如此，如果是一个聪明的摄影师，他会将照片存放在一个隔绝空气又防水的容器里，比如点 30 口径弹药盒。你可以在当地的陆军海军剩余物资品商店里买到这种弹药盒。除了保存照片，这些盒子也被露营者用来储存火柴和袜子等。它们能把任何东西保存得既安全又干燥。

奥迪·布雷伯恩十分珍爱他的宝丽来相机。可他把它弄丢了。连同装相片的点 30 口径弹药盒也丢了，还有他的德索托。他把它们全都丢在了糖人沼泽。这里真是个藏身的好地方，可丢了东西也实在难找。

16
轰隆隆

与此同时，不要忘了我们的侦察兵。我们上次讲到，杰玛站在长叶松下满心担忧，而他的哥哥宾果正坐在这棵树的最最高的顶端。杰玛眯起了眼睛。宾果无比陶醉地欣赏着他新发现的星星"眨眼睛"。事实上，当时他正心花怒放，可突然间……

轰隆隆——轰隆隆——轰隆隆——轰隆隆！

松树抖动起来。宾果赶快抓紧一些。

"宾果！"又传来了杰玛的呼喊声，只不过这次的声音除了担忧，更多的是害怕。

轰隆隆——轰隆隆——轰隆隆——轰隆隆！

松树摇晃起来。宾果尽全力抓紧，可顶端的树枝开始左摇右摆。宾果听到了咯吱作响的声音，接着是另一阵轰隆隆——轰隆隆——轰隆隆——轰隆隆！

左右摇晃。

轰隆隆。

左右摇晃。

轰隆隆。

左右摇晃。

有许多事情可以引发地面震动，进而令一棵大树摇摆不定，同时引起斑鸠河里的波浪。比如地震，一大群野牛的狂奔，或是一次炼油厂的大爆炸。

可这些是我们这个故事里的原因吗？

毫无疑问，它们都不是。

17

许 愿

长叶松树的顶端正情势危急。事实上，宾果能想到的唯一的事就是叔祖父巴尼奥的悲惨命运，接着似乎同样的命运之风正向着他吹来。宾果不禁想：如果爬树是他与生俱来的使命，那么从树上跌落会不会也是命中注定呢？仿佛是为了证明这个观点，一阵大风吹过来，让松树再次摇晃起来。

左摇。

右晃。

左摇。

右晃。

宾果看着下面的河流。如果他摔下去，河面看上去比地面更友好些。可是，还有鳄鱼的问题。他知道，如果他掉进河里，能逃过摔死的危险，可是他能逃过专吃浣熊的鳄鱼吗？想想就不开心。宾果抓得更紧了。他显然爬得太高了，还没带降落伞。

"宾果？"弟弟又叫了一声。松树摇晃着，长叶松的树枝咯吱作响，仿佛是冥冥中传来的信息：宾果，快跑！

接着，刚刚抱着树不放的宾果松开紧抓的手，向下爬去。他速度太快了，简直创造了最短时间爬回地面的记录。

一到地面，宾果就拉上杰玛的手，两人一起甩开粗壮的小腿，马力全开，飞快地跑起来。正当他们一路狂奔的时候……轰隆隆——轰隆隆——轰隆隆！到处都是轰隆声。

宾果以前听过暴风雨的轰隆声，可他从来没感受过这种轰隆声。这轰隆声摇晃大树，引起河流波浪翻滚，穿过脚趾，穿过肚皮，让他的耳朵嗡嗡作响。

终于，他们找到入口，躲进舒适的信息总部里——家——安全。

轰隆隆——轰隆隆——轰隆隆！

杰玛用极小的声音问："那是什么？"

宾果使劲咽了一口唾沫。他也不知道。他只能尽可能坐得离弟弟近一些。老旧汽车咯吱作响。宾果将前爪收紧在下巴下面，目光投向一片黑暗。

似乎过了好几个小时，终于风平浪静了。宾果爬上座椅，坐到方向盘下面。他注视着仪表板上的刻度盘和数字，期待着能得到可以出去的指令。他注视了许久，什么都没发生。只有电闪雷鸣的时候，情报之声才会发布消息。宾果知道这一点。可此刻，晴空万里。

宾果深吸了一口气。不久后，天就要亮了。该睡觉了。可接着，他听到从杰玛那儿传来轻微的抽泣声。哦，不，不要再哭了。可眼下的处境，连宾果都不得不承认，他很想念小妈妈和欧老爸。要是他们在这儿会怎么做呢？

当然，宾果知道答案。小妈妈会清理清理他们的耳朵，然后把他们哄上床，亲吻他们。然后欧老爸会唱一首摇篮曲："好孩子，乖乖睡。"然后不一会儿，他就会沉沉地睡去。他感到自己的鼻子也有些酸了，可他用力咽了口唾沫，把眼泪压了回去。

不行，他不能哭。

他是个侦察兵。

一个正式的情报员。

他向着安静的仪表板行了一小下军礼。夜晚的头等大事，他要：

　　眼观六路

　　耳听八方

　　鼻闻四野

他和杰玛要调查清楚那些轰隆声是从什么地方来的，是谁或什么东西弄出这么大的动静。

"杰玛。"他小声叫道，不确定弟弟是否还醒着，"明天晚上我们要执行新的任务。"

"新任务？"杰玛的声音有些颤抖。

"任务代号：轰隆隆——轰隆隆——轰隆隆。"

没有回应。

反正宾果也不需要回答。他早已下定决心。然后，当他在床铺上伸展四肢的时候，另一个想法闯进他的脑海。只不过，这个想法不是担忧，而是他在松树顶上仰望繁星点点的广袤夜空的记忆，是关于那颗小小的、他独自发现的、会眨眼的红色星星的记忆。

　　眨眼睛。

　　困意袭来，他又打了个哈欠。他想，星星是用来许愿的。等他睡醒了，他要爬到另一棵树上，对着眨眼睛许个愿。他还没想好要许什么愿，可是这一次他要说服杰玛和他一起爬上树，这样的话杰玛也能许个愿望。突然之间，宾果都等不及要将眨眼睛展示给杰玛看了……然后他想着想着，许愿、星光、父亲的摇篮曲……进入了深深的梦境。

18
甘蔗丛催眠曲

查帕拉尔·布雷伯恩完全没听过欧老爸唱给浣熊兄弟俩的摇篮曲。可是他会唱甘蔗丛催眠曲，那是奥迪外公教给他的。

奥迪外公告诉查普："永远不要忘了在砍甘蔗的时候唱这首歌。"

我们说的可不是一般的甘蔗。我们说的是黑砂糖甘蔗，比蜂蜜还要甜，比枫糖浆还要甜，比苹果蜜饯还要甜。查普的手刚长到能握住镰刀，妈妈就教会了他如何砍甘蔗，就像当初奥迪外公教会她一样。这是一项艰难的工作，可也是一项重要的工作。刚开始，查普一路砍过茂密的、粗大的甘蔗秆时，总感到自己笨手笨脚的。可他的妈妈是个很好的老师。她给他示范如何挥刀、下砍，挥刀、下砍，直到他掌握了从刀锋到他脖子上肌肉之间的联动的节奏。

几年过去，他砍得足够快了，于是妈妈将这项任务交给了他。"你自己努力得来的。"她说。查普挺起胸膛，能成为家里的首席砍伐手，他感到十分自豪。

"只是别忘了那首催眠曲。"奥迪外公说。

那时候，甘蔗长得如此茂盛，在河岸边形成了一片甘蔗丛。于是这里也成为响尾蛇们完美的聚居地。他们能够藏在甘蔗丛中，等待粗心大意的蜥蜴、老鼠或青蛙经过，然后咔嚓咔嚓！一只蜥蜴、老鼠、青蛙都不剩了。

初始元年的某一天，当世界还是崭新的时候，糖人大步走到河边，伸手摘了一些美味的甘蔗。嗖！一条响尾蛇窜出来，咬了他的手。哎哟哎哟！糖人还没反应过来是怎么回事，咔嚓咔嚓，那些响尾蛇群起而攻之。

他一边叫喊着，一边用自己巨大的双手左右开弓地甩开一条条响尾蛇。可这并没有阻止响尾蛇们的进攻。他们持续不断地攻击，不一会儿，在斑鸠河中到处是噼里啪啦的声音。

换做任何一个人，早在那些撕咬中丧命了。可糖人身形巨大，心脏也极大，咬几口可无法将他击倒。

小心下面！因为这场混战，本来在水底下游荡的鳄鱼们浮上水面，查看发生了什么事。他们看到在斑鸠河中央，到处是肉质鲜美的猎物——响尾蛇。

香辣可口的响尾蛇。

好像是一条大鳄鱼先舔了舔嘴巴，流下了口水。可就是这条鳄鱼犯了一个致命的错误。好吧，是他的胃犯了一个致命的错误。

他的胃开始咕噜噜地响。咕噜噜……咕噜噜……

这声响立刻让响尾蛇们停在了原地。他们四处看看，发现可不止一只垂涎欲滴的鳄鱼，整整有一个鳄鱼舰队。

糖人是一个大自然的敏锐观察者，现在他觉察到那些响尾蛇要成为鳄鱼的盘中餐了。尽管他觉得响尾蛇群的确有些讨人厌，可也不希望他们成为别人的餐点。况且，虽然响尾蛇们脾气有一点儿暴躁，可糖人很敬佩他们保护甘蔗丛的方式。

于是，他用剧蒲葵一般大的手掌抓起那条流口水的大鳄鱼，在头顶抡圆了，扔到了空中。那条鳄鱼向着俄克拉荷马州的方向飞去了。你能想象到，其他鳄鱼可没有谁愿意被抛到空中。于是他们潜回水下，向斑鸠河下游漂去，一大群鳄鱼就这么游过了那片野甘蔗地。

（我们之前说过吗？糖人只要一生气，就爱扔东西。海盗、响尾蛇、鳄鱼……）

对那些响尾蛇来说，那个巨人似乎救了他们的性命，因此他们对于自己刚才张嘴咬他感到有些愧疚。于是，他们决定让糖人在任何时候随意享用这里的甘蔗……至少在那个年代如此。

当然，糖人知道响尾蛇的承诺也不一定能永远作数。所以从那以后，每次他想来一餐甘蔗，他都会唱一首甘蔗丛催眠曲。唑唑的曲调正好让那些响尾蛇进入梦乡。

乖乖睡吧，响尾蛇

河水也困了，乖乖睡吧

甘蔗丛里的响尾蛇
睡吧睡吧

当响尾蛇们睡意蒙眬，他就可以随意享用美味的甘蔗，不用担心被咔嚓咔嚓了。当然，他也不会摘很多，只够他吃就好了。然后再藏起来一些，以防半夜想来点儿零食夜宵。而响尾蛇们依然沉浸在鳄鱼都游走了的喜悦之中。尽管响尾蛇也是喜怒无常的，可他们总是会和糖人站在同一条战线上。

特别有一条响尾蛇，格特鲁德，打心底里喜欢糖人。于是她决定成为糖人的私人助理。是的，她几乎寸步不离糖人左右。所以，如果你有什么事想找糖人，得先过了格特鲁德这一关。

当然，鳄鱼们也是很精明的。上次我们数了数，斑鸠河里可是藏了不少条鳄鱼呢。

19
索尼博伊的声明

　　糖人和响尾蛇之间的故事发生在许多年以前，那时候沼泽里只有糖人和一众生灵。几十年以后，他遭遇了那群海盗。可那也是很久以前的事了——三百年以前。然后就是那群带着绳索、斧头和猎枪的失败的乌合之众。那件事也过去一个世纪了。

　　事实上，已经很久很久没有人见过糖人了。正因如此，索尼博伊·博库发表了一个重大的声明：“我正式宣布糖人已经灭亡。”

　　这声明完全出于索尼博伊·博库的私心。他认为，他的祖先阿鲁西斯与糖人如果都不在世了，那么他们双方签订的协议也就失效了（在世，一个多么好的词）。

　　当然，索尼博伊·博库并不知道奥迪·布雷伯恩曾经见过糖人。这件事奥迪只告诉了他的外孙查普。而且查普知道要守口如瓶。

　　小蜜蜂，大黄蜂，小蜜蜂，大黄蜂。

　　况且，没人能告诉糖人说他已经不在世了。他们怎么告诉他呢？他穴居在沼泽最深、最暗的某个角落，消息一时半会儿可传不到他那儿。而且人们都知道，除非情况紧急，否则不能去打扰他，于是他更没法知道那个消息了。对于这些事，他全都托付给了糖人沼泽侦察兵。

20
饥肠辘辘

说到我们的侦察兵，在旧德索托汽车的前座上，宾果翻了个身，平躺着。他还没睡醒，却先揉了揉肚子。

空空如也，他想。

昨天晚上真是个多事之夜……先是和小妈妈、欧老爸道了别，然后遇到了电闪雷鸣，情报之声发来消息，后来是长叶任务，还有轰隆隆——轰隆隆——轰隆隆——轰隆隆。

可就是没吃一口东西。

杰玛的肚子好像很同意宾果似的，从后座上发出一声很响的咕噜声。半梦半醒的宾果盘算着，他是不是应该在日出以前，迅速出去摘些露莓。此刻的杰玛也在想同样的事情。

他们同时猛地张开双眼，揉着肚子，同时注意到夜色渐薄，黎明将至，他们同时想到他们其实是夜行动物，可天快要亮了。

他们一起躺倒继续睡。

没错，两只饥肠辘辘的浣熊，还要再撑好几个小时才有东西吃。

第一个白天的上午
The Next Morning

随着他步行前进，他的全部注意力都集中在那只美丽的鸟儿的声音上，竟然没有注意到身边空气已经渐渐凝结，没有一片叶子在摆动，也没有一只动物的踪影。

21
两份派

查普在清晨走进厨房的时候，天还没大亮。昨晚他终于睡着了，好好睡了一大觉。现在他揉着眼睛，打了个哈欠。妈妈正站在餐台前，搅拌着做糖派用的第一锅面糊。她的双手如往常一样裹满了面粉。她说早安的方式就是用拇指在查普的鼻子上摁一个面粉印。她做了无数次这个动作。她总是在他的鼻子上拍一下，而不是给个拥抱。她做了太多次这个动作，以至于查普都不在意了。

他将手指伸进了面糊里。

"手拿出来！"妈妈说。

太晚了。查普挖出一团黏稠的糖糊，塞进了嘴里。不管尝过多少次糖糊，可每次吃都是新鲜的味道，尤其是早上起床先来的那一口。

"作为代价，你得给我冲一杯咖啡。"妈妈说。他的妈妈酷爱喝咖啡，外公也是一样。

他们总是管对方叫"咖啡虫"。

查普去拿妈妈的专用马克杯。那杯子是在查普出生以前，爸爸送给妈妈的。杯子上有一对鲜红的唇印，现在有些褪色了，变成了浅粉色。当他拿杯子时，他的手碰到了外公的马克杯，那个从《稀有鸟类研究者目录》上选来的杯子。这是几年前，查普和妈妈送给外公的圣诞礼物。目录里面有几种选择，他们选择了这个有大青鹭图案的，那是外公最喜欢的鸟类之一。杯子上的大青鹭舒展着美丽的翅膀，从杯沿延伸到杯底。鸟儿自头顶往下的羽毛弯曲成完美的弧度大青鹭。外公十分喜欢那个杯子。

查普想起了外公写生簿上的大青鹭。写生簿上的大青鹭没有挥舞翅膀，而是站在斑鸠河岸上。他嘴里叼着一条大鱼。奥迪外公在下面写道："你真应该看看逃走的那只。"查普始终不知道外公说的是逃走的鱼，还是逃走的鸟。这成了永远的未解之谜。

"沼泽地里有太多未解之谜，老朋友。"外公总是这样说。

查普握住杯柄将杯子举起来。到处都是奥迪外公的痕迹。查普感到那团寂寞的云又飘到了他的头上。

巨大的咖啡壶里装满了黑色的、浓郁的、巴吞鲁日烤制出品的社区俱乐部咖啡。虽然派里没有一滴咖啡，可奥迪外公总是说："咖啡里的菊苣让派尝起来更美味了。"然后他会接着说，"而且，它能让你长出胸毛。"

这时，查普撩起 T 恤衫，低头看着自己的胸膛。一根胸毛也没有。他是不是该长几根胸毛,好显得更男人一些？想到这儿，他在奥迪外公的杯子里倒了满满一整杯咖啡。

"你或许该加点儿奶脂和糖。"他的妈妈说。

奥迪外公从来没加过奶脂和糖，不是吗？"纯正黑咖啡"，他只喝这个。查普也要如法炮制。他将外公的杯子举到唇边，抿了一小口。太烫了！太苦了！一下子他就明白了，为什么咖啡能让派尝起来更美味。

甜。派的甜能够抵消这烫和苦。

他将杯子放回到餐台上，又去找面糊吃了，只不过这一次被妈妈的木勺子拦下了。她将木勺子挡在碗和查普的手之间。

"出去！"她大声说道。然后她看着钟表对他说："是时候开门营业了。"虽然他的味蕾迫不及待地需要一口派来去除烫和苦，可他知道举起的勺子是给他的指示。查普听从这个指示，他走出厨房，来到前门，将"休息中"的牌子翻过去，变成"营业中"。营业时间只从清晨五点到下午一点——这是"渔民的工作时段"。

天堂派咖啡馆无比美味的、用甘蔗黑砂糖制成的油炸糖派远近闻名。奥迪经营这个咖啡馆六十多年了。1949年，当索尼博伊还是个小屁孩的时候，奥迪就和博库公司签了租约。

他们没有太多的客人，不过也够了。

查普知道，有些客人是因为派和咖啡而来，有些客人是来听奥迪外公的故事的，外公总是很乐意分享。查普用舌头舔了舔牙齿，他仍然能尝到苦涩的味道。他希望还有其他办法能让他长出胸毛。

他打开前门，看到一对巨大的车头灯猛然闯进停车场。看得出来，那辆车绝对比当地一些渔民开的汽车要大。事实上，它看上去更像是一辆火车，而不是汽车。像是只有一节车厢的火车，一辆开在马路上而不是铁轨上的火车。他从来没见过这样的车。

等它开近了，他眨了眨眼睛。那是一辆悍马汽车。一辆加长悍马。一辆超级加长悍马。看它的长度，简直能同时横跨两个国家。查普从窗户看过去，那辆车占满了停车场里所有的车位，还有一部分车身跑到了马路上。

如果有其他人开车过来，他们只能停在外面走路进来了。谁会开这么一辆大车呢？查普寻思着。车上的人从前门走进来，他很快得出了答案。尽管只有一男一女两个人，他们却占据了咖啡馆里最大的桌子，好像这里是他们的地盘。查普立刻能感觉到他那不存在的胸毛直立起来，他脖子后面的汗毛也立了起来。查普非常清楚那个男人是谁。

这个咖啡馆的常客大多是渔民和鸟类观察者，他们都穿着工装裤、T恤衫和雨靴。这个男人和他们都不一样，他身着考究的蓝白泡泡纱套装，戴着一条红色的领结。他穿着一双翼尖鞋和一双查普见过的最薄的袜子。袜子太薄了，以至于查普都能透过那轻薄的针织袜看到他浅色的腿毛。查普非常确信，那薄袜子根本不能保护那男人的脚踝，沼泽里的跳蚤一咬就穿。

查普认为这可能是他看过的最傻的装束了，特别是在这样一个地方。而且那个男人肯定是个成年人，可他淡黄灰色的毛发，长满雀斑的脸，使他更像是一个大孩子在努力使自己看起来像个成年人。他正用精心修整的指尖敲打着桌面。

那个女人则全然不同。她看上去一点儿都不傻。其实那个男人一点儿也不高，可她比那个男人还矮一头，这似乎说明了什么。查普估计那个男人可能有五英尺半高，这还是往高里说的。这样看来，那个女人还不到五英尺。只有十二岁的查普都超过六英尺高了，这一点遗传自他的外公。

外公曾经对他说："我们布雷伯恩家的人都像大树一样，长得高。"

那个女人身穿红色无袖衫，和那男人的领结一样红。那上衣凸显了她结实的肱二头肌。光看她的胳膊，都不用看她那短粗的脖子，查普就知道她能不费吹灰之力放倒那个男人。而且，她就像是一条甘蔗丛里的响尾蛇，看上去随时准备出击。有那么一瞬间，查普灵光一现，想如果他唱外公的催眠曲，她会睡着吗？

"两份派。"男人说。他的声音打断了查普的思绪。"好……好的，先生！"查普结巴地回答。然后他转身快步向厨房走去，给妈妈下单。当他告诉她是谁坐在咖啡馆里的时候，他看到妈妈的嘴角抽动了一下。妈妈郁闷或不开心的时候，她的右嘴角就会抽动。妈妈什么也没说，将咖啡壶和一对杯子递给他。他能感到喉咙里的灼热又升起来了。

查普将杯子放在桌子上，倒满咖啡。他注意到那一男一女在那张宽大的桌子上铺开了一些文件。他能看出他们在谋划什么——谋划一件大事情，一件非常重大的事，一件至少要占据两千英亩土地的大事。

就在这时，那个男人开口了："你就是奥迪·布雷伯恩的孙子吧？我是索尼博伊·博库，这位可爱的女士是耶格·史迪奇。"

查普的嘴一定张大到了六英寸宽。没错，他当然知道耶格·史迪奇是谁：北半球鳄鱼摔跤世界冠军。他以前在电视上见过她。只是他不明白，一大清早，她来天堂派咖啡馆做什么。

她是来这儿帮索尼博伊收那一船现金的吗？查普的手颤抖起来。当然，他们的租期还没到，是没到吧？他们还有一点儿时间吗？查普的心脏猛烈地撞击着他的胸腔。他紧紧抓住咖啡壶的柄，指关节都发白了。咖啡壶里滚烫的苦咖啡在搅动。

他对自己说：像个男人一样！他知道，把滚烫的咖啡浇到索尼博伊的腿上不是个男人该干的事，不过当索尼博伊直视着他说"小鬼，你鼻子上有面粉"的时候，他险些控制不住自己的冲动。

22
露 莓

宾果只睡了几个小时，就睁开了眼。天还黑着，可空气中已经有蒙蒙亮的感觉，既不那么夜晚，也不那么白天。

他的胃咕噜噜叫着。尽管长叶任务让他很疲惫，可不安宁的肚子让他辗转难眠。来点儿日出前的点心该多好？要是溜出信息总部，去摘一把熟透了的露莓呢？如果能快去快回的话……

他很清楚那些露莓长在什么地方。就在负鼠谷附近。而且，如果他动作麻利些，很可能在那些负鼠发觉之前，他就将露莓摘下来了。

负鼠谷的负鼠们十分贪婪地霸占着那些露莓。他们长着锋利无比的尖牙，动不动就咬人。可凭什么他们在那儿占山为王呢？

所以，嘿嘿，年轻的侦察兵。要么执行露莓任务，要么饿死算了。

23

赌 约

算了？有人说算了吗？查普擦掉鼻子上的面粉。如果他手里有一个鸡蛋，他或许会想，干脆把鸡蛋砸在索尼博伊的头上算了。

在他砸任何东西，比如他手里的咖啡壶之前，他的妈妈走了过来。查普站在她身边，来来回回晃动着他的脚跟。妈妈伸手过来搭在他肩上，让他停下。他们一起注视着面前桌上摊开的图纸。

他们看到了图纸上的黑体字："鳄鱼世界摔跤竞技场和主题公园。"

他们也看到了，它会占据糖人沼泽很重要的一部分。奥迪外公的沼泽！查普盯着图纸，他仿佛都能看到未来会有几英亩几英亩的混凝土。将会有多少棵树被砍掉？一千棵？一万棵？更多？

查普喉咙里熟悉的火焰又升腾起来。他能看到外公伸展开双臂，能听到他的声音——"好久不见，老朋友"。可查普知道，没有了树木，这里毫无美妙可言。他盯着那张图纸，看着那片可能会被混凝土浇铸成一片停车场的空白。

突然，那一片空白让查普想起了奥迪外公写生簿上的空白页，那留给象牙喙啄木鸟的一页。如果索尼博伊的计划变成现实，那一页将永远成为一片——空白。混凝土里长不出树木。没有树木，啄木鸟永远不会回来。象牙喙啄木鸟。

就在那时，查普感到外公似乎就在他身边。他踮起脚尖，好像他的身体就要穿过咖啡馆的屋顶发射出去。

"没什么我们能做的吗？"他听到妈妈在问。

查普看到她的右嘴角又抽搐了几下。妈妈在围裙上擦了擦手。他紧紧抿着自己的嘴。

"当然有。"索尼博伊懒洋洋地说。他的声音像是蜂蜜一样粘腻。他说话的时候妈妈就站在那儿，像派一样甜美。"就像我之前通知你的，你们可以上缴一整船现金。"说完他和耶格·史迪奇大笑起来，好像他刚讲了一个史上最好笑的笑话似的。

查普握紧咖啡壶。妈妈更加用力地按住了他的肩膀。他对自己说，说点儿什么。是个男人就该说点儿什么，不是吗？所以，他尽可能让自己表现得平静，用他最低沉的声音说："那象牙喙啄木鸟怎么办？"

这让索尼博伊爆发出一阵大笑。查普收紧下巴，等待着。他妈妈的手始终紧按着他的肩。终于，索尼博伊看着母子俩，尽力控制住自己。大笑之间，他将右手摁在了展开的图纸上，说道："那只老鸟就像是乌鸦一样——永不复返了。"

永不复返？永不复返？查普没办法接受。他不假思索地说："好。那么，糖人呢？"立刻，他就知道自己犯了一个错误。尽管外公从没让他保守糖人的秘密，可查普明白最好不要提起。懊恼瞬时爬满他的脸。

可索尼博伊和耶格·史迪奇并没有追问查普更多的信息，他们认为那是最搞笑的事情。

"听着，小鬼。"索尼博伊抹去嘴边的唾沫，停下来继续喝完他的咖啡。查普等待着。然后索尼博伊说出了最尖酸刻薄的话："你都这么大了，是不是该少看点儿童话故事了？"

一瞬间，查普的懊恼变成愤怒。喉咙间的火焰升腾着。他闭紧了嘴唇。否则，火苗要喷出来了。况且，他没什么要说的了。完全没有。零。无。

索尼博伊完全无视了他，又微笑着对查普的妈妈说："如果你们想留在这儿，我要一整船的现金。"

然后，索尼博伊和耶格·史迪奇一起收起图纸，起身推开椅子。他们没有很有礼貌地将椅子推回到桌子下面，他们甚至都没等着吃点过的派，也没打算主动付钱。都没有，他们就那么离开了。索尼博伊走出大门以前，他转了个身，说："嘿，小鬼。我和你做个约定。如果我看到糖人存在的证据，我就把整个沼泽都给你。"说完他又大笑起来。"没错，"他说，"一点儿不少。"为了再撂句狠话，他又说道："我会签个血书协议。"

查普望着他们摔门而去。他的胸膛剧烈起伏。整整五秒钟，他僵在那儿一动不动，直到最后，他冲到前廊，看着索尼博伊和耶格钻进他们的加长悍马。他们倒车离开，在停车场的红土地上留下两行宽宽的轮胎印。查普大喊道："一言为定！"

他知道，他和妈妈筹集满满一船现金或是找到糖人踪迹的可能性，和猪飞上天一样渺茫。

24
二百只猪

没错，猪飞不起来，可我们这里要说一说野猪。大约在 1539 年，探险家埃尔南多·德索托（我们的信息总部就是以他的名字命名的）乘船离开西班牙，向新世界驶去。与他随行的七艘大船和两只轻快帆船上有五百二十匹马和两百只猪。

你没听错。二百只哼哼唧唧的猪！

后来有些猪死在了海上，有些被探险家们大快朵颐了。可有一些，在船靠岸后逃走了，生存繁衍下来。那些正是踏足美洲大陆的第一批移民猪。

事实证明，埃尔南多·德索托并不是个好人。他所到之处，肆意烧杀抢掠。他还穿着一身沉重的金属铠甲，这铠甲可不是天然纤维的，它完全不透气。再加上他很少洗澡，说他臭气熏天一点儿都不夸张。真的，连沼泽地里的沼气都敌不过他的味道。他后来被埋葬在密西西比河底的某处，真是个好解脱。

事实也证明，德索托的猪后裔也不是善类。他们仍然在试图征服北美的某些区域，我们一会儿就知道了。

25

野猪法罗帮

令人遗憾的是，那些蝗虫一般的野猪法罗帮很快就开始进军了。

有野猪，还有很坏的野猪（重点在"很坏"）。

要说明一下，凶猛的野生的猪和原生的野猪可不一样。原生野猪早就生活在这里了。看看化石记录就知道。

原生野猪比野猪体型小，尽管他们看起来很像野猪，可原生野猪其实并不是真的猪。有人认为，他们和河马有亲缘关系。说真的，别笑！就像是河马一样，你可没法把原生野猪圈养起来，变成宠物。这是肯定的。

当然，你也不能把一只野生的猪圈养起来，变成宠物。一只野生的猪就是：野猪。

巴兹在一个早上诞生，他的妈妈因为他的坏而高兴地欢呼起来。她大喊道："这一只要载入野猪史册了！"

她立刻给他起了个名字叫巴兹·锯·法罗，小名叫巴兹。巴兹可真是对得起自己的名字。他的小乳牙还没掉的时候，已经没有野猪能在翻腾草地方面比他更厉害了。从没有一只野猪能把溪边平地折腾成这个样子，泥浆都翻腾起来，溪水都完全静止不流了。

自从那些探险家的猪们从埃尔南多的船上跑下来，机灵地逃进佛罗里达州的这片荒野以来，还没有一只野猪像他这么诡计多端。不止如此，巴兹还身形巨大，足有四百磅重。他是个名副其实的电动小圆锯，混世魔王。没什么能阻止他。谁都不行。

除了克莱戴恩。

克莱戴恩出生的时候，她的父亲宣称："这真是我见过的最坏的小母猪。"他说的没错。她的小短腿刚能把她的身子撑住时，她就撕烂了一整片豆子地；她毁了一整季的花生；而且，她还给草地翻了土，一群小羊羔被逼得只能远远地站在一旁，什么吃的都不剩。那情景太可怜了！

克莱戴恩一天一天长大。很快，她就长得几乎和巴兹一样大了。于是，当他们两个见面，简直是天造地设的一对儿。他立刻就爱上了她那对小母猪耳朵，她也立刻迷上了他那双闪亮的黄眼睛和他无比锋利的獠牙。第一次约会时他就对她痴狂了，他挖了整整三英亩的烟草叶送给她，让她把每片叶子都咬个稀烂。

他们第二次约会，她带他去了一个水坑，在里面踩来踩去，直到一滴水不剩，只剩下烂泥。他们在里面打滚玩耍了好几个小时。

"巴兹，"她兴奋地说，"你是我见过的最坏的猪。"

"克莱戴恩，"他说道，"你是我亲爱的小坏猪。"说完，他们两个齐心协力，扯下一片刚刚发芽的小木兰花树苗，狼吞虎咽地吃光了。

不久后，他们就生了一窝小野猪，总共十五只。想想吧！十七只坏透了的野猪。坏透了的饥饿的野猪，坏透了的贪得无厌、狼吞虎咽的野猪。到处横冲直撞，四处横行霸道。历史上最坏的一帮野猪——法罗帮。

老爸老妈们，快锁好门！盖好被子！关上灯！

有个非常糟糕的消息。一天晚上，在花生地里，一只被他们逼得走投无路的吓坏的狐狸，不得已告诉他们，全世界最最最好吃的东西就是野生甘蔗，就在那条缓缓流过糖人沼泽的斑鸠河岸边。

巴兹的黄眼睛在黑暗里闪闪发亮。他扑向那只可怜的狐狸，吓得她号叫了一夜。然后，他转身对克莱戴恩说："亲爱的宝贝，愿意为你做任何事。"

他们十七只野猪向南方走去，脑海里全是跳舞的甘蔗。

26
猫　语

在耶格和索尼博伊开车离开之后，查普有种冲动，要把所有锅碗瓢盆都摔在墙上。要不是因为斯威特，他没准真这么干了。

这只姜黄色的肥猫在这男孩的脚踝边绕来绕去，竟然让这男孩意外地冷静下来。当查普恢复了理智，这只猫拉长身子，伸了个大大的懒腰，然后慢悠悠地走到墙角他的食盆边，大吃特吃起来。食盆里是混合调制的、香脆的、特含去毛球配方的成猫猫粮。它的口味不像一般的猫粮那么美味，比如新鲜鲶鱼味的，可混在一起也没那么差。而且它似乎的确有去除毛球的功效。斯威特也不得不承认，毛球可不是什么好东西。

然后他想起来要警告查普，有什么不对劲儿。昨天晚上，传来一阵阵古怪的轰隆隆——轰隆隆——轰隆隆的声音，震得地板直响。他听得出来，那不是平常的暴风雨时的雷鸣声。

"人类，"他说，"我有消息要发布。"他尽力把他的猫语说得清楚，可令他气愤的是，所有人都对他不理不睬。

他又喵喵了一遍。"注意！人类！"可是查普不但没竖起耳朵听，还对他说："你忘了吗，咖啡馆营业时间，你得到后面待着。"斯威特当然知道，这还用说！

后面就是这一家人生活的地方，前面就是咖啡馆。后面还有个被隔起来的门廊，而前廊是露天开放式的。

有时候，客人会选择在前廊吃派。斯威特对此非常理解，因为他多么多么多么渴望到前面去啊。唉！可查普对他说："你是一只家猫。你要是跑出去了，会把所有小雏鸟都吃掉的。"

"没错，"斯威特回答道，"小雏鸟肯定味道不错。"唉！可那不合规矩。他在想，到底是谁定了这些规矩？里面有一条是用猫语写的吗？

尤其是在客流高峰时间，他是坚决不能踏入咖啡馆半步的。查普告诉他，这是国家卫生部门的规定，确保食品安全卫生，这令斯威特疑惑不解："人类！你们难道没看到我一天到晚在清理我自己的皮毛吗？"他十分确信，他比好多来这儿吃油炸派的老顾客干净多了。

还有，就是毛球的事。人类。他们的肠胃真是脆弱！先不说毛球的事，他始终认为沼泽里有什么不对劲儿。他又喵喵叫了起来，可惜无济于事。今天早上第三回了。唉！

27
稀有鸟类研究者

距离天堂派咖啡馆几英里远的地方，克尤特曼·吉姆结束了他在当地广播电台上的通宵广播节目。他伸了伸懒腰，打了个哈欠。漫漫长夜，他十分疲惫。刚过去的暴风雨可不小，盯了一夜雷达，他筋疲力尽了。而且，他还很担心耶格·史迪奇的事。前一天，当耶格和索尼博伊来到电台，谈论要在广播上投放一些广告的时候，他得知了那件事。

吉姆不是一个很标准的"稀有鸟类研究者"，可他就是很喜欢划着船在斑鸠河来来回回，用眼看、用耳听那些生活在糖人沼泽里的美丽的鸟儿们。和他的老朋友奥迪一样，他也梦想着有一天能亲眼看到一只真正的象牙喙啄木鸟。

可是对吉姆来说，他就像糖人一样。他们曾经存在，而且，尽管没有确凿的证据证明，可他们似乎仍然存在。他也知道，如果史迪奇的计划执行了，那么那只鸟就永远永远地变成回忆了。

到时候象牙喙啄木鸟会怎样？黑鸭、燕鸥和沼泽鸟们呢？更糟糕的是，布雷伯恩一家要怎么办呢？奥迪的女儿和外孙呢？他们能到哪儿去？那个竞技场的计划肯定会让他们出局，特别是那计划要荡平甘蔗丛。他知道天堂派全靠那些甘蔗呢。

他抿了一小口冷咖啡，然后将杯子放在调音台上。再过一会儿，上白班的人就会进来。他该下班了，他开始做结束语："我是克尤特曼·吉姆，祝所有沼泽居民们新的一天好心情，好点子多多。"然后他向后仰起头，喊了一声："啊啰！"

夜晚降临以前，糖人沼泽之声不会再广播了。这时候，他很想去喝一杯牛奶，吃一份油炸糖派。

28
负鼠谷

还有个人也饿了。露莓任务正进行得如火如荼。不到五分钟的时间，宾果就到了负鼠谷。伴着黎明的第一道曙光，他把眼睛睁得大大的。他身边什么都没有，只有闪闪发亮的露莓。

老实说，通常情况下，负鼠是一种相对温和的动物。可糖人沼泽的负鼠却是古老的史前负鼠部落的后代，"温和"这个词可不适合他们。"好斗"这个词或许更准确些。他们保护着那片露莓地。他们美味的露莓地。

宾果把耳朵贴在地面上。一片寂静。

没有了轰隆隆的声音。他伸长鼻子在空气中嗅来嗅去，到处都是负鼠的气味。可露莓的味道也四处飘散。他探出头，然后——"哎呀！"他忘了，露莓藤上长满了扎人的刺。他又试了一次。

"哎呀！哎呀！哎呀！"他甩了甩手掌。也许这根本不是个好主意。也许他应该立刻回到信息总部，今天就到此为止。也许……他的肚子叫起来。空气中到处弥漫着新鲜露莓的味道。

不一会儿，尽管他的手掌上扎了不少露莓藤上的刺，可他的肚子也被熟透的、美味多汁的露莓填饱了。他用两只手掌揉了揉肚子。真是又圆又紧的小肚子啊！

嗝！哎哟！他可没想打个大嗝儿，可他不得不承认，感觉棒极了！

于是，他又打了一个，嗝——在清冷的早晨，他平躺下来。他身处露莓的天堂。然后想到杰玛没和他一起来享用这些美味，他感到非常难过。侦察兵军令里面不是有一条说要彼此忠诚吗？

没问题，他想。他可以摘满满一把露莓，带回信息总部。可恰巧就在他刚刚摘完最后一颗露莓的时候——

一个极不友好的声音传过来："滚出露莓地！"味道也不太好，面相也不太好。负鼠果真不是友好的动物，特别是这一只，一看就不是个省油的灯。

宾果僵在那儿。可是他扔下了手中的露莓吗？扔掉那些他为此刻正在信息总部里呼呼大睡的、他心爱的宝贝弟弟摘的露莓？不，他没扔。他全力甩开小腿，以最快的速度逃走了吗？是的，他逃走了。欧耶！

29
好主意

查普把头发往耳朵后面别了别。他该理发了。他似乎常常需要理发。每隔几天，他妈妈都要用厨房的剪刀修剪一下他那茂密蓬乱的头发。"就跟沼泽地里的树藤一样，"她说，"长得太快了！"

事实上，除了胸毛不长，查普各方面都在快速地成长发育。他的鞋都比外公的大两号了。

他记得奥迪外公曾经对他说："孩子，在沼泽地里，一双大脚最好用。大脚就像船一样，让你不会陷到泥里。"

船！他们需要整整一船的现金。查普想，他们到底从哪儿能弄到一整船的现金呢？他又把牙齿咬得咯吱作响。

转移一下思绪，他抬起手打开了水池旁边窗台上的小收音机，正好听到克尤特曼·吉姆的结束语："……一天好心情，好点子多多！"

随着电台主持人最后的一声"啊啰"在早晨的空中回荡，一个好点子在查普脑海中冒了出来。克尤特曼·吉姆的声音让他想到，至少他们有一个可靠的顾客。可是他们需要更多的钱，就要有更多可靠的、稳定的顾客。而想要获得更多的顾客，一个好办法就是在电台做广告。也许，仅仅是也许，克尤特曼·吉姆会帮他们这个忙。

自从奥迪外公离开后，查帕拉尔·布雷伯恩的脸上头一回露出了微笑。如果他能想到一个好主意，也许，仅仅是也许，他就能想到更多的好主意。他又喝了一小口已经变冷的苦咖啡。他瞄了一眼衬衫下面，胸毛一定正往外长呢。

30
野猪克莱戴恩和巴兹

此刻，克莱戴恩和巴兹也正在微笑。一想到那片野生甘蔗，他们就欣喜若狂。巴兹黄黄的獠牙和克莱戴恩黄黄的眼眸全都闪着喜悦的光。

"甜甘蔗！"巴兹对克莱戴恩小声说。

"甜甘蔗！"她又对她亲爱的宝贝小猪们说。

"甜甘蔗！"他们对彼此说着。

美国大路上每一只野猪的祖先都是从欧洲过来的，就从德索托的西班牙船队上漂洋过海而来的猪开始。大多数猪生物学家都认为他们很可能是俄罗斯野猪。

西班牙。俄罗斯。谁管那些！

反正他们现在都是野生的。

比燕麦野，比野兔野，比西风还要狂野。

而且还贪吃。我们提过贪吃的事吗？这些野猪非常贪吃。

31
1949 年

1949 年的时候，糖人沼泽里还没有野猪。一只都没有。不过，奥迪·布雷伯恩可不是去沼泽地找野猪的。

从十五岁到二十岁，奥迪在休斯敦东南部的一家面包店打工。在这五年里，他用尽可能多的时间工作，直到 1949 年，他终于攒够了钱买了一辆全新的运动家款德索托汽车。

他还是个小男孩的时候，他爸爸送给他第一本鸟类观察家日志。从那时起，他就一直梦想着能找到象牙喙啄木鸟。其实，他的小名叫做奥杜邦，就和那个著名的鸟类学家约翰·詹姆斯·奥杜邦[1]一样，昵称就是奥迪。因此，买了那辆德索托之后，他就带着口袋里还剩下的一点儿钱，动身去了南方，去那个他认为最可能找到神出鬼没的象牙喙啄木鸟的地方——糖人沼泽。

他随身带着的只有他的旧双筒望远镜、他的写生簿，还有他父母作为临别礼物送给他的宝丽来相机。他还在

---

[1] 约翰·詹姆斯·奥杜邦（1785—1851）：美国著名画家，博物学家，他所绘制的鸟类图鉴被视为美国国宝。

陆军海军剩余物资店里买了一个点30口径的金属弹药盒带着。这个弹药盒密闭性好，又防水，用来保持火柴干燥和储存拍好的照片——那些独一无二的照片——最合适不过了。

驱车几个小时之后，他终于找到了糖人沼泽。他从来没见过这么古老的树，其中有些虽然已经死亡，却依然屹立不倒。这些树正适合象牙喙啄木鸟筑巢。于是他停下德索托，支起帐篷，驻扎下来。

刚开始，森林里的动物们都离他远远的，躲藏在他的视线之外。毕竟，大多数来到这里的人类都带着弓箭、猎枪和陷阱。可日子一长，动物们开始注意到，奥迪除了一副望远镜、一个相机、一个弹药盒和一册他总在上面写写画画的书本之外，什么都没带。而且他们喜欢他用口琴吹出的曲调。反正就是很喜欢。

很快地，奥迪·布雷伯恩就被认作是糖人沼泽的名誉居民，而其他居民们也不再对他躲躲藏藏了。

有一天，他拿出宝丽来相机，对着一只犰狳拍了一张照片。然后他取出相纸，微笑地看着。光滑的相纸上抓拍到一只漂亮的、表情惊讶的九带犰狳。奥迪在照片表面抹了一层黏黏的保护涂层，然后在空中挥舞了几下，让照片变干。

就在他刚把犰狳的照片放入弹药盒的时候，他确信无疑地听到了那个他一直渴望的声音。先是一声尖利的叮叮，然后是笃笃、笃笃。

在这整个星球上，只有一种生物会发出这种声音，只有一种。他拿起他的望远镜和照相机，循声走去。他的心脏也随着那声音的节奏跳动不止——笃笃、笃笃、笃笃。他迅速前进，又尽量将脚步放轻。他走走停停，竖起耳朵仔细听。几个小时过去了，那声音不断将他引入森林更深处。

随着他步行前进，他的全部注意力都集中在那只美丽的鸟儿的声音上，竟然没有注意到身边空气已经渐渐凝结，没有一片叶子在摆动，也没有一只动物的踪影。

除了啄木鸟的叮叮声，还有与他心脏跳动遥相呼应的笃笃声，什么都没有。

奥迪·布雷伯恩早应该注意到周边的一片死寂。如果他发现了，他就会想到森林里变得如此寂静，意味着一场大风暴即将到来。

可他一心追寻着那只象牙喙啄木鸟的声音。空气变得无比炽热，汗水浸透了他的衣服，沼泽地的水渗入了他的靴子，让他的双脚像是灌了铅似的沉重。他又饿又渴，可即便如此，他依然坚定。

然后，就在太阳消失之前，奥迪感觉到呼啦一下，一对强有力的翅膀从他头顶上飞过。他知道，他知道那是什么。带着无限的欣喜，他说出了早就想说的话："天啊，多么美丽的鸟！"

美丽的黑色翅膀，末端白色的羽毛，头顶上大大的红冠，毫无疑问，所有一切都表明，那就是象牙喙啄木鸟。

奥迪立即举起宝丽来相机，抓拍了一张照片。他把相纸取出来，瞧啊，这只黑白相间的啄木鸟，他宽阔的黑翅膀末端的白色羽毛，脖子两侧的条纹，还有头顶上高高的冠子。奥迪打开涂料管，在相纸表面涂了一层保护膜，确保不会出现一丝纹路。然后他将照片在空中甩了甩，直到干燥，最后把它塞进了弹药盒。真是太及时了，因为就在下一秒，大雨浇了下来。而他身处糖人沼泽最深最深的中心地带，完全不知道自己在哪儿，自己的德索托又停在什么地方。

更糟糕的是，大雨冲掉了他来时的脚印。奥迪·布雷伯恩完完全全、彻彻底底地迷路了。然而，他也是完完全全、彻彻底底的高兴。他拍到了象牙喙啄木鸟。他想着万一还有机会能再拍到一张照片，于是又检查了一下相机。因为天太黑了，他又取出一只小闪光灯装在上面，以防万一。他要向世界证明，这种鸟没有灭绝。

不过前提是，他得先找到回到车上的路。

那一刻，他站在那儿，全身上下都湿透了，开始是被汗水浸湿，后来是被天空中砸下来的豆大的雨点淋湿。他完全不知道要往哪边走，同时感觉到嗓子眼儿干疼干疼的。

不止如此，天也变得越来越黑。世界上恐怕再没有比夜晚的沼泽地更黑的地方了，尤其是在暴风雨的夜晚。奥迪只知道，他崭新的1949年运动家款德索托汽车停在了沼泽中某处，他只有找到他的车，才能避雨。

他把相机关好，挎在肩上，希望雨不要把相机淋坏。他很想将相机放入弹药盒，可是相机太大了，塞不进去。他想，至少那张宝贵的照片完好无损。他拍了拍弹药盒，然后将它揣在怀里。

他在沼泽地里走了几个小时。好几次他被大树根绊倒，或是蹚过浅浅的泥塘。他被浇得透透的，浑身上下都是泥。他一直护着他的弹药盒，确保里面的照片都干燥安全。他知道，如果没有证据，即使他宣称曾经见过象牙喙啄木鸟，也不会有人相信他。而照片就是他的证据。

"正好可以放在相框里，裱起来。"奥迪说。是的。尽管他完全迷路了，可他依然觉得无比的幸运和幸福。巨大的幸福感笼罩着他。然后，他发觉自己的鼻塞越来越严重了。

他终于来到一片空地。他仰起头，对着倾盆的大雨张开嘴，试图解渴。他一边喝着雨水，一边揉了揉自己的脖子。尽管大雨滂沱，却似乎依然解不了他喉咙里的干渴。他用舌头舔了舔雨水，然后面向天空，闭着眼，在那儿站了很久。喉咙里火烧火燎地疼。

最终，当他觉得自己快要在雨中被淹死的时候，幸运女神再次降临。他睁开双眼，眼前大雨浇注的树林间划过一道闪电，借着那一瞬间的光亮，他确定看到了他的德索托。

那是获得拯救的一个甜蜜瞬间。

"感谢老天！"他喊道，深一脚浅一脚地向着在那儿停了好几个小时的汽车走去。正当他走到车边的时候，又一道闪电劈下来，近在咫尺，把奥迪一下子从灌满水的靴子里震了出来。

闪电点亮了整个区域，因此他能够清楚地看到那辆美丽的、沾满泥的汽车了。不仅如此，引擎盖上的车标装饰，那个探险家的半身像，也在夜色中闪着光。他想，一定是闪电把电池激活了。奥迪·布雷伯恩从没像那一刻那样爱这辆汽车。

他跌跌撞撞地爬进汽车后座，浑身颤抖起来。他的喉咙非常疼，就好像刚吞了一根刺藤。他只想蜷缩在干燥的德索托车里，好好睡一觉。

幸好，1949 年产德索托的座椅是用柔软的皮革做的，接缝处的针脚结实整齐，而且座位也很宽敞。最适合筋疲力尽的探险者躺在上面睡觉了。奥迪·布雷伯恩迷迷糊糊睡去之前做的最后一件事就是打开他的宝丽来相机，把它晾干。当他睡着的时候，手中还举着相机，放在肚子上。

不一会儿，他感觉汽车在摇晃、摇晃、摇晃。

午夜时分，他突然感觉到一阵颠簸。那一刻他不小心按下了肚子上宝丽来相机的快门。闪光灯弹出来的同时，他也醒了。一时间，他被车窗反射的闪光灯晃得睁不开眼睛。

他下意识地从相机后面拉出相纸。要不是又一道闪电在身边亮起，他可能都不会看那照片。可是，在短暂的光亮中，他看到照片上车窗圈住了一张长满毛的脸。奥迪眨了眨眼，他想了想森林里所有毛茸茸的脸——浣熊、负鼠、熊。此刻，他又获得了一张某种动物的照片。可是在黑暗中，他没看清那到底是什么。而且，他浑身上下发起了烧，眼前的一切都变得模糊起来。他手里拿着那张照片，坐直了身子。然后他给它抹了一层保护涂层，用嘴吹了吹，把它塞进了弹药盒里。

这个宝丽来相机只能拍八张照片。现在，胶卷里只剩下五张胶片了。这让他想到，用不了多长时间，他的供给就不够了，他不得不离开沼泽回家。

可在那之前，他得先睡觉。他真是太太太太困了，实在困极了……

32
快决定

　　九死一生地逃出史前负鼠的追击，宾果捧着给弟弟的满满一把露莓，钻进了信息总部。可是当他向后座看去时，发现杰玛还在呼呼大睡。嗯，这让宾果陷入了两难境地。他应该叫醒杰玛，告诉他有露莓吃的好消息吗？毕竟，他可是冒着被一只史前负鼠攻击的危险摘回来的。

　　可是转念一想，他可是冒着被一只史前负鼠攻击的危险摘回了这些露莓。宾果想，或许，我应该把它们吃掉。

　　可是侦察兵军令里不是有一条"要彼此忠诚"吗？

　　如果他把给杰玛摘的露莓吃掉，是不是对杰玛的不忠诚呢？当然，把杰玛叫醒，或许也是不忠诚的行为。要是他正在做着美梦，不想被打扰呢？宾果不得不承认，杰玛看上去睡得非常舒服。

　　快决定，快决定。

　　露莓甜蜜的味道飘散在信息总部的空气中。还要考虑露莓的感受吧？如果他不把它们吃掉，是不是对露莓不忠诚？到底怎样才是忠诚，怎样是不忠诚？

　　唉！这些问题让宾果想得头都大了。他闻了闻那些露莓，后座传来杰玛翻身的动静。他又等了一会儿，看看弟弟是不是会醒来。如果杰玛自己醒了，那露莓就是弟弟的了。

等待。

等待。

等等等。

没动静。

没辙了，只能把这些美味的露莓都吃掉了。宾果就这么决定了。他咬了好大一口。

嗝——

哦，天啊！宾果可没打算打嗝。他赶紧用手掌捂住嘴巴。也许杰玛没听见吧。

太迟了！

宾果的耳朵里传来弟弟的声音："嗯……露莓。"

谢天谢地，接着又传来呼噜呼噜的声音。

33
格特鲁德

与此同时，在森林某个最深、最暗的角落，格特鲁德正舒展开她长长的身躯，尾巴发出声响，嘶嘶嘶嘶。她觉得很痒。跳蚤！谁知道一条蛇竟然会烦跳蚤呢？况且，格特鲁德可不是那些在磨坊里跑来跑去的普通的蛇，她可是糖人的密友，一条巨型粗鳞响尾蛇。

格特鲁德眨了眨她的眼睛，终于适应了黑暗。接着她注意到她的老伙伴正像往常一样懒散地睡着觉。尽管浑身长满了毛，可是跳蚤却似乎并没有打扰到他。

她轻轻推了他一下，可他几乎纹丝不动，呼噜声打得更响了。糖人睡得正香，格特鲁德很满意。她爬出黑暗的巢穴，爬进泥泞的河湾里。啊！鳞片接触到冰凉的水，让她无比舒畅。

女孩时不时就要洗个澡。她来来回回地游了几分钟，吞了几只美味的牛蛙，然后爬回了她的巢穴。

她叹了口气："好多了！"她把身体卷成巨大的一盘，又沉沉地睡去。

嘶嘶嘶嘶嘶嘶。

34
新鲜的鳄鱼

还有个人也觉得很痒——耶格·史迪奇。事实上，她是对战斗心痒难耐。她绷紧她的肱二头肌，攥紧她的拳头。她紧实的身体里奔涌着原始的力量。悍马车后座上，索尼博伊·博库就坐在她的身边。她第一个冲动，是给他来个摔跤中的锁头，让他跪地求饶。

可是她将这冲动压制下来。毕竟，他是她的鳄鱼世界摔跤竞技场和主题公园的首要赞助方。

她的手指抽搐着，她需要一条新鲜的鳄鱼。清晨的阳光透过柏树枝叶的缝隙射下来，使她能透过车窗看清沼泽地。

在距离天堂派咖啡馆几英里的地方，他们的司机勒罗伊，一个利用暑期挣点零花钱的大学生，正将悍马车设为自动控速模式。这时，耶格命令道："勒罗伊！快停车！"

勒罗伊踩下刹车，这辆重型汽车在石子路上滑了一段。四只巨大的轮胎在地上划出深深的沟壑，一团红色的烟尘包围了他们。索尼博伊刚要破口大骂，耶格却已经跳下了车，消失在树林中，将索尼博伊独自留在了悍马车后座上。

索尼博伊正了正他的红色领结，欣赏了一下他薄薄的高档袜子。有那么两秒钟，他考虑是不是要跟上她。可那就意味着要再毁掉一双袜子。他决定在车里等，如果耶格打算在沼泽里转悠，和一条鳄鱼摔跤，他才不会阻止她。他对这个女摔跤手没什么好感。她是个生意上的合作伙伴，仅此而已。他和司机……他叫什么名字来着？拉里？隆尼？詹姆斯？随便吧。他和司机就等着吧。

他知道，耶格很快就会找到一条鳄鱼，然后几分钟之内，她就能让鳄鱼肚子朝天打起呼噜。（当鳄鱼被翻过身子，他们就会睡着。耶格可是翻鳄鱼的专家能手。）

与此同时，索尼博伊可以利用这个耶格不在的安静时刻，畅想一下鳄鱼世界摔跤竞技场和主题公园将会给他带来的巨大收益。关于暴脾气糖人和他的曾曾曾曾曾祖父签订的血书协议，只在他脑海里转瞬即逝。他全身心地沉溺在对大把金钱的憧憬中，都没注意到地板上传来的轰隆隆——轰隆隆——轰隆隆——轰隆隆的声音。那声音强烈震动着大汽车。

他没注意到，可勒罗伊注意到了。那声音让勒罗伊紧张得咬起了手指甲。

35
甘蔗丛

回到甘蔗丛。响尾蛇们正忙忙碌碌。他们也注意到了那轰隆隆——轰隆隆——轰隆隆——轰隆隆的声音，感到急躁不安。

咔嚓咔嚓！咔嚓咔嚓！咔嚓咔嚓！

36
鳄鱼味儿

当索尼博伊坐在悍马车后座上，而勒罗伊咬着手指甲的时候，耶格·史迪奇正静悄悄地走在沼泽柔软潮湿的土地上。太阳升起来了，枝叶间透过的阳光正好照亮了她面前的路。在距离斑鸠河一个极其深的河湾处几英尺的地方，她闻到了鳄鱼的气味。

清晨的空气中还飘荡着夜晚的凉爽气息，这让鳄鱼们很安静。不过，她的感觉却更加敏锐。她很清楚，鳄鱼再安静，也终究是一条鳄鱼。

毫无疑问，她的猎物就趴在河岸边，一条六英尺长的鳄鱼。这算不上她摔过的最大的鳄鱼，可也不是最小的，正适合斗一场。

那条鳄鱼还没反应过来，耶格·史迪奇就落在了他的背上。她把他的下颚拉成了九十度角，还亲了亲他的鼻尖。好像这还不够让这只可怜的鳄鱼丢脸似的，她又抓住他长满尖牙的嘴，把他的身子翻了过去，开始揉他的肚子。还不到五分钟，这只鳄鱼就进入梦乡了。

然后耶格·史迪奇回到了加长悍马车上。她抓了抓索尼博伊的灰黄色头发。他用他的丝绸手帕遮住鼻子，挡住她身上的鳄鱼味儿。她深深吸了一口气，她想，再没有比日出时分的鳄鱼更好闻的了。然后她闭上眼睛，靠在这辆庞大汽车的座椅靠背上，哼起了歌。车子启动，驶入清晨的薄雾中。

第二个夜晚
The Next Night

　　他们都是幸运的，可以逃到沼泽来。至少目前为止，沼泽是安全的。可是,轰隆隆——轰隆隆——轰隆隆——轰隆隆……宾果吞了一口唾沫。如果情报之声说的都是真的（它从没撒过谎），那么糖人沼泽，还有沼泽里的所有生灵，都将很快遭遇一场大灾难。

37
雷霆一族

得克萨斯州生活着成千上万的鳄鱼，具体有多少条，根本没法计算。这样说吧，从东部的色宾河到西部的佩克斯，每一段水域都生活着鳄鱼。而且有时候，人们还会在更靠西的湖泊或溪流里发现鳄鱼的踪影。

这情况也和野猪差不多，尽管猪群肯定要比鳄鱼的群体规模大，遍布地域更广泛。据生物学家估计，在美国三十九个州，野猪的数量应该在二百万到四百万头之间。光在得克萨斯州，就有一百多万头，这让得克萨斯州深受其扰。

野猪喜欢藏在溪流岸边，把身子放低，躲在灌木丛中，这样就没人看得到他们鬼鬼祟祟的行径了。他们也是夜行动物，就像我们的浣熊一样。他们总是在茫茫夜色的掩护下干些见不得人的勾当。

他们总是以家族为单位，群体行动，一般叫"雷霆一族"。多霸气的词！"雷霆"！我们很喜欢这个词。

可是，我们喜欢巴兹和克莱戴恩，还有法罗帮吗？

朋友们，完全不值得喜欢。

没一点儿值得喜欢。

38

龙虾渠

宾果睡够了。其实这一天他都在辗转反侧。心里想着他的眨眼睛，担心神秘的轰隆隆，险些撞上史前负鼠，还因为没和杰玛分享露莓而有一点点愧疚，真是漫长的一天。他翻来覆去睡不着。所以，他很高兴夜幕又要降临了。

然后，就像是定时闹钟一样，他的肚子咕噜噜叫了起来，他发现自己又饿了。他摇了摇头，伸展了一下身体。他知道，他和杰玛还有任务要完成，轰隆隆——轰隆隆——轰隆隆任务。他们要搞清楚，到底是谁弄出那么大的动静。可是，即使有任务，也阻止不了浣熊吃饭。

后座上，杰玛也伸了个懒腰。"好饿啊！"

考虑到自己都快饿死了，宾果原先因为吃掉露莓的愧疚感一扫而空……差不多吧。然后他宣布："小龙虾渠。"小龙虾是最佳选择，一顿充满能量、营养丰富的早餐，能让他们有充沛体力完成轰隆隆——轰隆隆——轰隆隆任务。

"宾果（猜中了）！"杰玛说。（宾果最讨厌杰玛这样，可是我们也觉得很好玩儿。）

小龙虾渠离这儿不远，就在河流中一处很窄的弯道边缘。

"我们出发！"宾果说。

"半熟小龙虾！"杰玛说。

他们迅速钻出洞口。一到外面，他们同时开始眼观六路、耳听八方、鼻闻四野。没有轰隆隆声。完全没有。

很快，我们的侦察兵就忙着捉小龙虾了。没过多久，他们两个就仰面躺在水边凉爽的泥巴上，肚子被撑得像是水气球。

宾果躺在泥上，透过树的枝丫向上望去，他能看到云在汇聚。他深吸了一口气。雨。大雨将至。但是，当他望着密布的云层时，他能看到树上面偶尔有星星若隐若现，每一颗都仿佛是挂在树枝上，有点儿像发光的萤火虫。他伸长脖子，努力寻找那颗红色的星星。一想到关于它的记忆，他就很幸福。

唉！他想，云层太厚了。

他本来想整夜都那么躺着，可是……轰隆隆——轰隆隆——轰隆隆——轰隆隆……又来了。这一回听起来更近了。宾果一屁股坐起来。肚子太撑了，他忍不住哼了一声。

"什么声音？"他问道。

接着，又响起来。轰隆隆——轰隆隆——轰隆隆——轰隆隆。

"什么？"

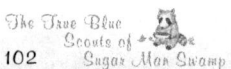

轰隆隆——轰隆隆——轰隆隆——轰隆隆。宾果捂着自己吃撑的肚子，觉得有点儿想吐。

轰隆隆——轰隆隆——轰隆隆——轰隆隆。又来了。

仿佛那还不够，噼里啪啦、噼里啪啦。宾果刚刚注视的云聚成一团，又一场瓢泼大雨浇下来。紧接着……咔嚓！一道极细的闪电从空中劈了下来。

宾果和杰玛互相交换了一下眼神，他们一秒钟都没耽误，立刻跑向信息总部。他们飞快地穿过空地，抖了抖毛。

外面，咔嚓！又一道闪电划破夜空，正劈在离汽车差不多一英尺远的地方。宾果能看到信息总部周身火花四溅。幸好他在里面。透过爬满藤蔓的挡风玻璃，他能看到埋在树叶间的引擎盖车饰闪着光。德索托半身像闪闪发光，一种古怪的橙色的光。从他坐的地方看过去，他只能看到这位探险家的后脑勺。

宾果看着仪表板上的刻度盘，果然，上面紫色的光开始闪烁，直到最后，照亮了上面 1 到 12 一圈数字。就像以往一样，哦呜咿……哔哔……兹兹……沙沙……然后情报之声发出了响亮清晰的播报。

"你们好！得克萨斯东部的朋友。暴风雨来了，希望大家都在一个干燥舒适的地方。"

宾果竖起耳朵听，杰玛也一样。然后，兹兹……哔哔……情报之声又恢复了，继续说："河流下游适合钓鱼……"宾果听了十分高兴，他最喜欢鱼了，他决定立刻去抓鱼。

"抓鱼！"杰玛附和道。

广播仍在继续……哦呜咿……然后，他们好像听到了"糟糕""可怕""不好""坏透了"……哦呜咿……宾果头上的毛一下子立起来。

"什么？"宾果问。

"是谁？"杰玛问。

他们都等待着。

果然，听到了最坏的消息。"野猪！……他们正靠近糖人沼泽……"

宾果和杰玛彼此对视了一下，同时脱口而出："法罗帮！"

接着……哔哔……哦呜咿……紫色灯光暗下去，情报之声也消失了。在它结束之前，传来一声爆裂声……啪……啪……"啊啰！"

浣熊毛噗地一下炸起来！

宾果和杰玛看起来像是两只带条纹的河豚。他们以前从来没听过情报之声号叫。可是这声号叫远不及那群臭名昭著的法罗帮正在靠近的消息令他们心神不宁。

巴兹和克莱戴恩绝对是臭名昭著。我们眼观六路、耳听八方、鼻闻四野的侦察兵，早就见识过法罗帮的破坏力。好多动物为了躲避那群野猪的残害，都逃难到糖人沼泽来。宾果曾经见过一只白尾鹿一瘸一拐地来到这儿，腿上青一块紫一块，全是伤。他还见过一只翅膀被撕碎的白鹤。他还记得一小群白尾灰兔，因为躲避法罗帮，跑了很远很远的路来到这儿，脚都磨烂了。

他们都是幸运的，可以逃到沼泽来。至少目前为止，沼泽是安全的。可是，轰隆隆——轰隆隆——轰隆隆——轰隆隆……宾果吞了一口唾沫。如果情报之声说的都是真的（它从没撒过谎），那么糖人沼泽，还有沼泽里的所有生灵，都将很快遭遇一场大灾难。

突然，我们的侦察兵知道要做什么了。他们不是特别想这样做，他们之前也没这样做过，可现在不得不做。

宾果和杰玛几乎同时对对方说："我们必须唤醒糖人！"

39
广 告

就在宾果的一闪一闪的红色星星下面，有一所小房子，克尤特曼·吉姆正坐在里面透过他直播间的窗户，望着飘泼的大雨。当然，这里和大多数广播直播间一样，是隔音的，可他仍然能看到远处的一道道闪电。他看了看桌上的钟表。正值午夜。他推开话筒，摘下耳机，站起身，活动活动。

他刚刚播报完天气预报，还有那条关于野猪的令人不安的新闻，又排了一整套他最喜欢的歌。自动播放器一首一首地播放，他随意地听着。

他在寻找灵感。昨天早上，当他去吃油炸糖派、喝牛奶的时候，查普·布雷伯恩请他为天堂派播一则广告。可他现在一筹莫展。他面前的桌子上有一张白纸和一支铅笔，上面除了几笔涂鸦，别的什么都没有。

他知道这个广告有多么重要。如果布雷伯恩一家能招揽更多的顾客，多赚一些钱，没准他们就能让耶格·史迪奇和索尼博伊·博库的计划晚点推行。他很清楚，虽然有风险，但这是最好的办法。他也知道，如果想说服客人们开着车，千里迢迢来吃糖派，那么他必须想出一则极好的广告。

克尤特曼·吉姆揉了揉眼睛。因为下雨和周遭的一切，电台显得格外冷清。以往这种时候，老朋友奥迪都会打来电话问候一声，没准还会给他讲个故事。

奥迪不是唯一打来电话的人。因为克尤特曼·吉姆上的是夜班，人们总愿意在所有人都睡下之后，打来电话倾诉。人们在凌晨时分讲给他听的东西总是令人十分惊讶，有些事情值得一说再说。像是茜茜·莫顿赢了巴吞鲁日市的军乐指挥大赛，或是怀特一家刚生了一个小女婴，还有那次河岸边小礼堂的哈德利老兄被一条铜头蛇咬了，竟然活了下来。那些都是令人高兴的事情，克尤特曼·吉姆很乐意来分享那些故事。

可也有好多事情是不适合公开讲述的，比如比利·威利·柯蒂斯打来电话，说他的大姐梅·瑞伊·柯蒂斯在美黑灯下坐了太久，都完全变成了橘色。或是库辛·艾达打来电话说她的妈妈昂特·埃拉把感恩节火鸡掉在了地上，却没告诉他们，因此所有人吃的都是一只脏火鸡，却都全然不知。还有一次梅纳德·道格拉斯打来电话，说河岸小礼堂里的年轻人喝了太多的私酿威士忌，他一笑，酒就从鼻子里喷了出来。

这些故事，克尤特曼·吉姆自己听听也就罢了。

这也是为什么每次结束夜班工作，他都要大吼一声。

他不去讲这些不该讲的故事，他只是用一声大喊把自己解脱出来，"啊啰！"

因此，在广播电台的覆盖范围内，没什么事是克尤特曼·吉姆不知道的，倒是有不少事他希望自己不知道。举个例子，比如说野猪群的大举入侵。克尤特曼·吉姆想，除了那两个外来入侵者——索尼博伊和耶格，又多了一群外来入侵物种。

他又戴上耳机，最后一首歌的旋律传入耳朵。摇摆，摇摆，摇摆……然后，灵感来了，他的广告灵感来了。他拿起铅笔，在纸上写了起来。

40
艺术品

宾果和杰玛此刻很担心。待在安全的信息总部，他们能感觉到入侵者正在靠近，轰隆隆——轰隆隆——轰隆隆——轰隆隆。他们知道应该唤醒糖人，告诉他沼泽正面临攻击。而且他们也明白时间紧迫。这些他们都明白。

可是，他们不知道如何才能唤醒糖人，又不被格特鲁德咔嚓咔嚓吃掉。

而且那都不算什么，他们都不确定能不能找到糖人。好多年都没人见过他了，也许有几十年了。甚至连著名的叔祖父巴尼奥都一次也没见过糖人。

可没有某个地方的门牌上写着"糖人住在这儿"，也没有一个箭头灯指向他的秘密巢穴"糖人藏身处"，更没有一张地图，上面用一个大大的圆圈圈出来一块"糖人别墅"。都没有！

他们只知道，一定要去沼泽最深最暗的地方。在那里，树木将所有的阳光都挡在外面，灌木丛如此浓密，甚至连声音都无法穿过藤蔓和树叶传进去。

"呃……"宾果只是想到这些，就禁不住打了个冷战。他望着窗外的倾盆大雨。杰玛也颤抖着。

尽管在白天行动并不符合浣熊的习惯，可他们还是决定等到天亮，但愿到时候雨停了，他们可以借助阳光寻找糖人最深最暗的巢穴。

为了让自己忙起来，杰玛决定继续执行清理信息总部任务。总的来说，浣熊们都有点儿收集癖，的确是这样。他们收集各种各样稀奇古怪的东西。这么多年下来，后座上已经堆成了山。这让杰玛很心烦。他喜欢将东西放得干净整洁。特别是当他精神紧张的时候，比如现在。

突然之间，清理信息总部任务变成了平心静气的手段。首先，杰玛用几片新鲜的叶子擦了擦所有车窗内侧。他擦了又擦，直到每一扇车窗都闪闪发亮。当然他看不到窗外，因为所有窗户外侧都被藤蔓包裹起来，可至少他看那些藤蔓看得更清楚了。

接着，他拿一根小树枝当扫帚，清扫了旧皮质座椅。长年累月下来堆积的脏东西简直惊人。

宾果尽力不挡他弟弟的路。他决定在后视镜上做几个引体向上，顺便躲开那些扫出来的垃圾碎片。杰玛不管他，继续埋头清扫。很快，座椅后面的地板上就堆满了垃圾，就像是座椅之间多出个垃圾填埋场。

宾果挂在后视镜上。接着他翻转身体，大头朝下。这让他换了一个全新的独特视角观察信息总部内部和他的弟弟。

杰玛继续清扫工作，时不时地停下来，扶正他那顶隐形的思考帽。就在他再一次调整思考帽的间隙，他终于再也无法忍受这座垃圾堆了。于是他宣布："我们要把这些东西从入口处清出去。"

"啊？"宾果还大头朝下地倒挂着。

"没错！"杰玛回答。他的计划就是把这些垃圾从副驾驶座底下塞过去，然后再从入口那儿推到外面。步骤非常有条理。

于是，他放下扫帚，开始推……继续推……一直推。可那垃圾堆纹丝不动。

宾果仍然在学蝙蝠倒挂金钟。

"肯定是什么东西堵住了。"杰玛说。见宾果不打算帮忙，他爬过座椅，钻到地上，向座位底下张望。果然，有一个又大又方的东西。他伸出灵活的手掌去够那个东西。它摸起来又凉又滑。他抓住它的一角往外拉，可是拉不动。不管那个又大又方的东西是什么，总之它死死地卡住了。

杰玛加了把劲儿，可还是不行。那东西一动不动。他把脑袋探到座位底下，想看得更清楚。他先看到了前面的部分，上面有一个把手。他抓住那个把手，可是他用尽了吃奶的力气，还是拽不动它。然后他又跑到右侧去看，什么也看不到。

这时候，宾果感觉到大头朝下的副作用了，所以他松手下来，回到地板上，然后向座椅下面张望。毫无疑问，他也看到了那个堵塞物。他问杰玛："怎么我们之前从来没注意到它？"

杰玛说："因为我们从来没清扫过垃圾！"宾果听得出，杰玛在讽刺，可是他决定不去理会。他可不像弟弟，垃圾从来不会让他紧张不安。

不过，那个堵塞物还是很神秘。他正打算也钻到座位底下，突然听到清晰的啪的一声！宾果头上的毛瞬间立起来。"什么声音？"他问。

原来，杰玛在盒子一侧发现了一个金属弹簧，他把它向前拉了拉。六十多年间，它第一次弹开了，喷出一股尘封了六十多年的烟尘。但是，因为铰链有些锈住了，我们的浣熊只能把盖子掀开一条缝隙，不过这已足够他把好奇的小爪子伸进去了。

开始，他什么都没摸到，什么都没有。只是冰凉的、滑滑的金属盒子内壁。于是，他又往里伸了伸。

还是没有。

再往里点儿。

还是……有了！

他绝对摸到了什么东西。

一片树叶？感觉像是一片树叶。可肯定不是。比树叶还要薄，比树叶还要硬。

他拉了它一下。拉出来一张正方形的白纸，可是这张纸和他以前找到的用来包装汤罐的纸不一样，和那种一打湿就变成糊状的糙面纸也不一样。这是与众不同的一种纸。它又滑又亮。杰玛把它举到鼻子旁，闻了闻。它有股奇怪的味道，既不像花草，也不像河流。它的味道有点儿重，有点儿刺鼻。

然后他把这张纸翻过来，发现另一面并不是白色的，而是灰色的，上面还有一个灰黑色的影像。

一只狍獴！杰玛把这东西在他的皮毛上蹭了蹭，上面的影像更清楚了。

他大叫："艺术品！"那个方形的像纸一样的东西是件艺术品！他从座位底下爬出来，把它举到宾果的面前，说："看！"

"嗯。"宾果说。他靠近了仔细看。那上面的确是一只狍獴。他以前从未看过真正的狍獴的艺术品，说实话，他也从没发现原来狍獴这么漂亮。他只知道，狍獴和负鼠属于一类，有着小小的眼睛，尾巴和老鼠的很像。

无论怎样，这是一只平面的狍獴。他想，没错，一定是件艺术品。然后他看着杰玛将它轻轻地放在仪表板上，这样他们俩可以好好欣赏它了。

杰玛身体后仰，仔细观察着。他一直认为，每个家中都应该放几件艺术品。虽然他和宾果住在信息总部，可并不意味着他们不能拥有一件艺术品。他眯起眼睛，全神贯注地看着那只犰狳。这可比他偶尔在河岸边找到的那些瓶盖儿或口香糖包装纸好多了。

即使只是一只普通的犰狳，他也爱不释手。他越看越觉得这只犰狳似乎很吃惊，就好像是艺术家趁他不注意的时候捕捉到的一瞬间。

车外依然大雨滂沱，浣熊兄弟俩肩并肩站着，欣赏着他们的新装饰品。这是属于侦察兵的快乐时刻。

41

三件事

让我们回到另一个大雨倾盆的夜晚，当时有个人待在德索托汽车里。是的，奥迪·布雷伯恩。你还记得吗？他是如何拍到一张象牙喙啄木鸟的照片的？他又如何跌跌撞撞、筋疲力尽地在沼泽地里行走，终于找到了他的汽车？他是如何费尽力气回到后座上，沉沉地、沉沉地睡去？他又是如何在夜里感觉到一阵颠簸的？

你还记得这一切吗？那是在六十多年前的 1949 年发生的事情。当这位沼泽地的名誉居民熟睡的时候，发生了三件他不知道的事。

第一，那天晚上的雨下得太大了，斑鸠河里的水越过河岸涨了出来，流入了沼泽地，最后涌入到这辆 1949 年产运动家款德索托汽车的下面，把它冲走了。巨大的白胎壁轮胎载着汽车漂浮了一段距离，直接漂向涨满水的斑鸠河。此时的河水比以往任何时候都湍急。

奥迪仿佛置身于一只注定要沉没的船上。德索托汽车有一吨半重，即使有四只可以浮起来的大轮胎，用不了一会儿，它还是会沉入河底。

第二，当时奥迪·布雷伯恩又饥又渴，疲惫不堪，还发起了高烧。他感染了可怕的病毒，得了严重的沼泽流感。汽车在水中的颠簸都没吵醒他，只让他睡得更沉了。他怎么也醒不过来。

　　第三，糖人沼泽侦察兵正在执行任务。几天以前，当他在森林里游荡的时候，宾果和杰玛的曾曾曾曾曾祖父母

就注意到了这个年轻人。而且他们看得出来，他似乎和他们一样热爱着这片土地。他们也非常喜欢他用口琴演奏的那些旋律。因此，他们并不希望他死在斑鸠河底。

现在，至于奥迪是如何死里逃生的，就留给你们去想象吧。我们只知道，德索托汽车最后停在了高地河岸边的一座小山包上。然后一两天之后，奥迪醒了，他试图启动汽车，可是引擎浸满了水，根本启动不起来。于是，流感未愈、仍然迷迷糊糊的奥迪，将装着那张独一无二的照片的弹药盒塞到了副驾驶座椅底下，摇摇晃晃地走到车外，艰难地走到高速公路旁。一个驾车旅行的人经过时发现了他，赶紧把他送到了阿瑟港的医院。

很久以后，他好不容易从流感中痊愈，可是他找啊找，找啊找，用尽了他的一生去寻找，却再也没有找到那只鸟和他那辆老德索托汽车。

42
乌龟速递

嘶嘶嘶嘶嘶！格特鲁德摇动着她的长尾巴。尽管雨很凉爽，可她还是觉得很痒。那些跳蚤快把她逼疯了。她决定要挠一挠。可是一条响尾蛇要怎么挠痒痒呢？毕竟，她既没有手，又没有手指，也没有爪子。什么都没有。于是，她把自己一圈一圈地盘绕在一棵大柏树上，然后不断地蹭啊蹭。她用力地蹭着，最后她直接蜕掉了那一层瘙痒的皮肤。

"啊！"她说道，"好多了！"

她看着自己美丽的、崭新的金色皮肤和上面闪闪发亮的黑色钻石条纹。她真希望那个嗜睡的伙伴能醒一醒，一起来欣赏她美丽的新皮肤。

她用鼻子轻轻推了推他。

没动静。

她又推了一下。

还是没动静。

她知道，如果她发动咔嚓咔嚓的攻击，肯定能把他弄醒。可那样的话，他也会大发脾气，抱怨个不停。谁想要那样呢？她自己一个人待着，也可以发脾气抱怨一通。不行，咔嚓咔嚓不是办法。

她又看了看自己美丽的新皮肤。钻石花纹在黑暗的巢穴中闪着光。只有她自己独自欣赏，实在太可惜了！

她用力地摇响自己的尾巴。嘶嘶嘶嘶嘶！

睡觉大王先生只是伸出手，轻轻地拍了拍她的头，翻个身又睡过去了。唉！要使出最后的杀手锏了——甘蔗。她知道，只要糖人闻到一丁点儿甘蔗的甜味，他就会立刻醒过来。她看了看储存食物的洞孔，里面一口甘蔗都不剩了。

的确如此，除了被响尾蛇咬一口，只有甘蔗能唤醒糖人了。她想，不得不去找些甘蔗来了。可那也是件麻烦事，因为她必须等到有速递员经过，才能下订单。

你如果听说乌龟速递服务，可能会大吃一惊吧。乌龟？速递？乌龟？速递？

好啦！我们知道！

可是在水里，乌龟游得可快呢。一眨眼的工夫，他们就能在斑鸠河里游个来回。此外，乌龟速递员一点儿都不害怕格特鲁德。因此，她会时不时地使用他们的服务，尤其是当她需要补给些甘蔗的时候。

可是格特鲁德意识到，她已经很长一段时间没见过速递员了。原来，他们都躲藏起来了。他们的确该躲起来。

轰隆隆——轰隆隆——轰隆隆——轰隆隆！

格特鲁德只能继续等待。

43
淤 泥

这时候，十七只野猪可是片刻都不等。一点儿雨怕什么。也就再过几个晚上，他们就能到达糖人沼泽了。克莱戴恩扬起她的猪鼻子，哼哼唧唧地说："真想吃野生甘蔗。"

"我也想吃。"巴兹也哼哼唧唧地说。

十五只小野猪全都哼哼唧唧地表示赞同。这声音已经在乡下响了一夜。我们说过，野猪是夜行动物。此时第一道阳光透过云层照下来，到了他们睡觉的时间了。

很快地，他们找到了一处浅浅的河滩。一只鹿全然不知地经过此地，自然遭到了巴兹和克莱戴恩的攻击，险些丧命。

接着，这两个可怕的家伙又用一连串咆哮声吓跑了一对松鼠。他们还对一群土狼耀武扬威。那些土狼甚至都没敢叫唤一声，夹起尾巴就逃跑了。

法罗帮对着这些胆小鬼们大笑不止。"哈哈！吼吼！"不过，当星星沉落天际，这群野猪们也躺下了。他们刚准备好好睡上一整天，一大群蚊子就落在他们长满粗硬鬃毛的背上，狠狠地叮咬他们。

这个世界上，只有少数几种动物不害怕野猪，蚊子就是其中之一。

他们嗡嗡地叫个不停，咬个不停。

克莱戴恩像个小婴儿似的尖叫起来："唉……啊……哇……"

巴兹也叫起来："唉……啊……哇……"

法罗帮全都尖叫起来，一声高过一声。

蚊子们才不会管那些。他们正享用着美味的火腿培根早餐呢。

"泥！"巴兹大喊道，"我们需要泥！"他们猛地钻进河滩，连滚带爬，又踩又踏，直到里面一点儿水都不剩，除了淤泥，还是淤泥。连水滴都躲着他们，全跑到河岸上去了。"废物！"法罗帮大叫着，他们在里面尽情地打着滚。欧耶！淤泥太舒服了！十七只野猪欢快地叫个不停。好一派欢天喜地的景象！终于，他们浑身上下都裹满了泥，蚊子都无从下嘴了。这群野兽总算安稳了下来。

至少，暂时安稳了下来。

第二个白天
The Second Day

　　宾果头顶的毛因为太害怕都立不起来了。杰玛的眼睛也因为太害怕眯不起来了。侦察兵史上最恐怖的时刻！他们突然意识到，没有人告诉他们，当面对一群曲折蠕动、嘶嘶叫的、愤怒的响尾蛇的时候，他们该怎么办。

44
证 据

天堂派咖啡馆里，第一拨客人已经吃完东西离开了。包括几个常来的渔民，还有一个叫史蒂夫的年轻人。虽然史蒂夫只是停车过来问问路，可查普还是说服他买了一个糖派吃。史蒂夫尝了尝，又买了一个。

"天啊！"史蒂夫咂巴咂巴嘴，说，"这可真好吃！"查普感到非常高兴，心情与昨天早上索尼博伊和耶格来的时候完全不一样。

然后，史蒂夫说："可惜你们离主路太远了。"查普早就听惯了这个笑话——自己一生下来就住在主路街，可这里却离主路太远。

"没开玩笑，说真的，"史蒂夫说，"你们这儿太难找了。"他接着说，"我都不知道我能不能从这儿出去，更别说再回来了。连我的 GPS 导航在这儿都不管用。"说着，史蒂夫举起他的手机，屏幕上一片空白，他说得果然没错。

于是，查普在餐巾纸上给他画了一张地图，告诉他洲际公路离这儿并不远。查普画得窄窄的，看起来倒很像那条公路。史蒂夫谢过他，又点了一个派打包带走，就道别离开了。

史蒂夫离开后，咖啡馆里就空了。这时候还不到早上六点，他们刚刚营业一个小时。查普抱着一线希望，但愿史蒂夫不会是他们今天最后一位客人。他去收拾史蒂夫坐过的桌子，却发现了他落下的手机。他赶紧冲了出去，可是没赶得及，史蒂夫已经走了。

"那好吧。"查普说。他又带着手机回到咖啡馆，把它放在了窗台上的收音机旁边。那儿是他们的失物招领处。平常，那里放的都是棒球帽或打火机之类不值钱的东西。一部手机可是价值不菲，至少史蒂夫的手机价值不菲。

"他会回来的。"妈妈说着，拉出一把椅子坐下来，手里捧着一大杯咖啡。

很久以前，查普注意到妈妈的嘴唇和她杯子上那个浅粉色的嘴唇颜色很像。这杯子是他爸爸送给妈妈的礼物。后来因为一场车祸，爸爸去世了。那时查普还没出生，因此他对爸爸一无所知。那之后，妈妈搬来和奥迪外公一起生活，直到现在。所以查普自出生以来，就生活在这儿。有时候，别人会问他，你想念你的爸爸吗？可是他都没见过爸爸，又怎么去想念呢？

不过，虽然妈妈从来没说过，可是查普知道她很想念爸爸，特别是当她说"你长得真像你父亲"的时候。说完，她会拍拍他的脸颊，或者，在他脸上抹点儿面粉。他摸了摸自己的脸，确认上面没有面粉。有时候，妈妈会趁他不注意偷袭他。

妈妈面前放着一沓钞票和一些硬币。他看着她又数了一遍，然后把钞票折起来，塞进围裙的口袋里。

"不够一船的。"她对他说，"不过一点点儿攒吧。"查普看来，那一沓钞票实在少得可怜，而咖啡馆也冷清得过分。他想，他们需要招揽更多的客人。好像是要表示同意似的，咖啡壶叫了起来。

咖啡。

胸毛。

咖啡。

胸毛。

昨天，他努力喝了四分之一杯黑咖啡，他决定再试一试。查普拿出奥迪外公的国家奥杜邦协会的杯子，灌了满满一杯咖啡。还是一样，先是烫、烫、烫，然后是苦、苦、苦。对查普来说，那尝起来就像是酸水流入食道。现在每个人都对他说要长大，像个男人一样，可长大成人一定要这么痛苦吗？

此刻，他望着空荡荡的咖啡馆，感到彻底的无助。他对自己说："做个真男人！"于是，他喝了一大口社区俱乐部咖啡。真是个失误！咖啡滚烫滚烫的。他决定从今以后，他只一小口一小口地喝，一小小口地喝。他看了看杯子里，还剩下三分之二的黑色的浑浊液体，可他一口也喝不下去了。不管怎样，总算有进步。昨天他喝了四分之一杯，今天他喝了三分之一杯。也许明天，他就能喝半杯了。他把外公的杯子放回到厨房的餐台上。杯子上的大青鹭仿佛在盯着他看，它舒展着宽大的翅膀似乎在绕着杯子盘旋飞翔。

查普突然很想去对照一下外公写生簿上这只鸟的样子。那本写生簿还被他藏在床底下。既然在安静的咖啡馆里也无事可做，他索性回到后面的房间。他很小心，以防斯威特跑进咖啡馆。他扑通一下趴到床上，把写生簿拿出来。斯威特正蜷缩在床上，咕噜咕噜地叫着。

"人类，你没看到我正打算睡觉吗？"斯威特抱怨道。

查普没理会那只猫，打开了写生簿。

斯威特把脑袋埋在了爪子下面。

查普一页一页地翻看，感觉外公的气息萦绕着他。他感到喉咙里的火又升腾起来了。他把它吞咽了下去。他凝视着外公画的这一页页的沼泽动物。不只有鸟，还有貂、麝鼠和蜥蜴。里面每一种动物，奥迪外公都曾经见过。一年又一年过去，他画的动物越来越多，写生簿变得越来越厚，越来越重，里面满是沼泽里的生灵。奥迪外公用自己好玩儿的风格记录着他们，铅笔线条粗粗细细，画风随性，与其说是艺术，倒更像是漫画。

查普一页一页翻阅，寻找大青鹭的身影。在哪一页呢？他真希望这本写生簿有字母检索功能，可是正像奥迪外公说的，它是一本"巧合"写生簿。比如，"太巧了，我今天看到一只加拿大雁"或者"太巧了，我差点儿踩到一只绿变色龙"，或是"太巧了，你见过刚出生的水鸭吗"。每碰上一次巧合，他都拿出铅笔，画下他因为太巧了而碰到的生物。

查普翻到了最后一页。他肯定是不小心错过大青鹭了。一点儿都不奇怪，有些页被糖粘住了。如果你一天到晚和糖打交道，免不了会蹭得到处都是，写生簿也不能幸免。查普又从后往前翻看起来，特别注意将那些粘在一起的纸张轻轻地分开。看着看着，他发现了浣熊。奥迪外公画了一只吹口琴的浣熊。他感叹说："浣熊真是多才多艺啊！"那是一张很有趣的画，查普已经看过很多次了，这是他的最爱之一。他盯着它看了足足有一分钟，几乎都能听到口琴的声音从画面中流淌出来。

然后他突然意识到，他是来找大青鹭的，不是浣熊。他又翻了一页，发现这一页也粘住了。

因为粘了糖，时间也很久了，那一页有点儿脆。最后，他好不容易才把它分开。里面是一张他曾经见过很多次，却早就忘了的画：糖人！

查普合上写生簿，一屁股坐起来。斯威特吓了一跳，跳下床，窜到床底下。查普心跳加速。索尼博伊的话回荡在他耳边。"如果我看到糖人存在的证据，我就把整个沼泽都给你。"

"证据！"查普大喊一声。

查普抓起写生簿，都没向被吓坏的斯威特说声抱歉，径直跑向了厨房。

"妈！"他喊道，"看我找到了什么！"

查普将那粘着糖的一页画纸举到妈妈面前。他的脸洋溢着笑容。可是查普没注意到，奥迪外公在图画下面注明了时间——1949 年。他的母亲指给他看。

"亲爱的，"她说，"即使你外公真的见过糖人，也是在六十多年以前了。可从来没有其他人宣称见过糖人。"

查普看了看上面的日期，脸色沉了下来。他很想对妈妈辩解几句，可是在他内心深处，他明白妈妈说得对。一张 1949 年的画作什么也证明不了。

45
微 笑

    1949 年款德索托汽车拥有火箭般的身躯，和一个美丽的瀑布型前脸，看上去像是在微笑。

    它还有一套简易传动装置，让驾驶更平稳。记得在一则广告里，乘客问司机说："新修的路？"司机回答道："不，是新的德索托！"

46
砍甘蔗

广告？有人提到广告吗？克尤特曼·吉姆工作了几个小时，完善他为天堂派写的电台广告创意。他刚刚像往常一样做完结束语："我是克尤特曼·吉姆，祝所有沼泽居民们新的一天好心情，好点子多多。"然后他标志性地"啊啰"一声，就匆匆进入制作室，开始录制广告了。

他只录了一遍就搞定了。现在只需要带去天堂派咖啡馆征得查普和他妈妈的同意，就能播出了。他把广告刻录进光盘，揣进外衣口袋，向门外走去。

此时在咖啡馆里，查普正想找点儿事情做，任何事都行。因为对写生簿的失望，还有无法与索尼博伊和耶格抗衡的挫败感，外加上那三分之一杯咖啡带来的一点儿能量，所有这些混杂在一起，让他觉得自己像一个一点就着的爆竹。

妈妈觉察到他十分烦躁，索性给他安排了件体力活："我们需要一些新鲜的甘蔗。"

好的！查普解开围裙，挂在门后的挂钩上，又取来他的泥靴子。他把靴子倒过来抖了抖，确保没什么东西在里面做窝，比如褐皮花蛛，或是蝎子之类的。靴子里面空空的，于是他抬脚踩了进去。然后，他拿起外公的旧镰刀出发了。他感觉手中的镰刀沉甸甸的。

砍甘蔗可不适合胆小的人。不只是因为镰刀十分锋利，一不留神就会割伤手指或脚趾，还因为甘蔗丛里有响尾蛇。当然，首先要做的就是唱催眠曲。查普一边靠近甘蔗丛，一边哼起来。当走得更近一些时，他就提高了音量，大声唱道：

> 乖乖睡吧，响尾蛇
>
> 河水也困了，乖乖睡吧
>
> 甘蔗丛里的响尾蛇
>
> 睡吧睡吧

查普挺直身子，站在得克萨斯的骄阳之下。他身上大汗淋漓，手中的镰刀却握得更紧了。虽然是妈妈教会了他如何砍甘蔗，可查普此时突然意识到，砍甘蔗是一件……嗯，的确是……怎么说呢……很爷们儿的事！

他干得很快。不到一个小时，他就砍下了一大堆新鲜的甘蔗。他按奥迪外公教给他的方法，用一根绳子把甘蔗捆在一起，打了个结。甘蔗清新、甜蜜的味道飘散在空气中。

外公曾经对他说："没什么味道比这更好闻了。"的确

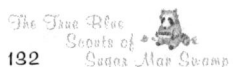

没有。

查普并不是只会用镰刀砍甘蔗。他曾经每天和外公一起用手里的这把镰刀在沼泽地里披荆斩棘。查普知道如何用宽大的刀锋在爬满刺藤的森林中开辟出一条道路，还知道如何用它爬上大树。

一想到用镰刀在森林里开路，查普就想到了外公一直在寻找的德索托汽车。

在查普十二年的生命里，他可能问了不下一百万次了，"它在哪儿？"他长久地凝望着斑鸠河岸，一丛丛甘蔗竞相生长。他在这一片风景中仔细搜寻着任何旧汽车的踪影。

没有。那是一辆幽灵汽车，就像是象牙喙啄木鸟是幽灵鸟一样。寂寞的云团又在他头顶上聚集了。

响尾蛇们仿佛觉察到了他的悲伤，纷纷开始骚动起来。嘶嘶嘶嘶嘶……

查普得赶快离开了。他拖着那一捆甘蔗，向咖啡馆走去。当他将一捆甘蔗拽进厨房时，妈妈又在他脸上抹了一把面粉作为迎接。在他十二年的生命里，这事已经发生了不下十亿次了。

"妈！"他表示不满。这是对待一个男人的方式吗？

查普刚擦了擦脸，克尤特曼·吉姆就从前门走了进来。看到他，查普紧张起来。他想，也许，只是也许，这个电台主持人想出了一个非常棒的广告呢。这广告万一能吸引其他地方的客人从很远的地方赶来，沿着主路街好不容易找到这里，来尝一尝他们美味的油炸糖派呢？

接着，查普想到另外一个好主意——指路牌！他可以做一些指路牌。仿佛是为了表示赞成似的，清晨的阳光照射在前窗玻璃上，咖啡馆里的空气被镀上一层金色，那颜色仿佛是一个新鲜出炉的油炸糖派。

47
来得正好

宾果和杰玛不需要什么提示也知道麻烦要来了。轰隆隆——轰隆隆——轰隆隆——轰隆隆的声音响了一整夜。那群可怕的法罗帮正在靠近。

是时候执行轰隆隆——轰隆隆——轰隆隆任务了。当阳光透过树枝的缝隙照射下来的时候，宾果和杰玛带着他们的智慧和胡须轻装出发，去寻找糖人。他们迅速钻出信息总部，走入温暖潮湿的空气中。

他们完全不习惯白天的光亮。过了好一会儿，眼睛才渐渐适应。他们也意识到自己完全暴露在外面了。他们不得不停下一会儿，去接受这个现实——他们非常可能被一些他们都不太熟悉的日行动物发现。

杰玛拉低他那顶隐形的思考帽，遮住眼睛。可惜假装隐形之类的招数不管用。他们似乎要在那儿停一上午，站在不熟悉的阳光下了。不过最终，宾果向前迈出了第一步，打破了魔咒。

目标锁定，年轻的侦察兵们。

下一步，向前挺进。他们没有特别具体的方向，仅仅是向前走。每次遇到分岔路口，他们都会选择那条看上去更阴暗的路。他们走啊，走啊，走啊。毫无疑问，森林越来越茂密。渐渐地，阳光都被挡在外面，树木将他们紧紧包围。

几个小时过去了，阴影变得越来越长。随着树木和灌木丛变得越来越稠密，森林里也越来越寂静。宾果竖起耳朵搜寻蟋蟀的叫声，没有一声"嘟嘟嘟嘟"；杰玛使劲去听蝉鸣，也没有一声"知了知了"。

黑暗。

寂静。

黑暗。

寂静。

宾果很高兴身边有杰玛陪伴，杰玛更是因为有宾果在身边而欣喜不已。突然，在一片黑暗和寂静之中，他们听到——嗤嗤嗤嗤。

宾果看着杰玛，杰玛看着宾果，两人异口同声："格特鲁德！"

紧接着就听到格特鲁德说："侦察兵！来得正好！"

48
炸 毛

浣熊是浣熊科动物家族最大的一个群体，其他家族成员还包括圆尾猫、蜜熊、尖吻浣熊、长鼻浣熊和环尾猫熊（这些名字多可爱啊）。他们可是一群帅气的动物，长着厚厚的茸毛，一圈圈条纹的尾巴。尽管他们有长长的爪子，尖利的牙齿，可他们最主要的防御方式是炸毛。一炸毛，他们的身体立刻变得比平时大五六倍。当宾果和杰玛与世界上最心痒难耐、最厉害的响尾蛇面对面的一瞬间，他们的毛噗的一声都炸起来了。

他们肩并肩站着，炸着毛，浑身发抖。格特鲁德用她长长的光滑的身躯将他们围住，然后说了句意想不到的话："我一直等着有人路过呢。你们猜怎么着，你俩来了。"

当然，宾果和杰玛立刻就想到，她是等着他们来当晚餐呢！

宾果脱口而出："我们可不太好吃。"

令他们惊讶的是，格特鲁德大笑起来。"笨蛋侦察兵，我可从来不吃长毛的东西，卡在喉咙里多不舒服。"

不管怎样，可算松了一口气。可心还是不能彻底放下来。好吧，轻松了一点儿，一点儿而已。兄弟两个还是蓬蓬的，身体也抖得厉害。

杰玛问："那你要我们做什么？"宾果能感觉到，自己头上的毛全都竖了起来。

"我需要有人来欣赏我的新皮肤。"格特鲁德说着，用身体将兄弟俩圈得更紧了。如此一来，他们可以非常近、非常清晰地看到她身上的黑色钻石花纹。浣熊兄弟俩立刻吐露出溢美之词。

"我的老天，这些钻石花纹实在是太美了！"

"我从来没见过这么漂亮的鳞片！"

"你完全可以赢得沼泽选美大会冠军！"

"在这片深深的黑暗森林中，再也没有比这更可爱的了！"

他们一直赞美个不停。

最后，格特鲁德很满意这两只浣熊充分地欣赏到了她新皮肤的美感。她问："我只是好奇，侦察兵，你们怎么会来这个沼泽里最深、最暗的角落？"

杰玛脱口而出："轰隆隆！"

"好多好多轰隆隆！"宾果补充道。

然后他们告诉她，糖人沼泽就要被入侵了……

"可怕的！"宾果说。

"糟糕的！"杰玛说。

"法罗帮！"两人一起说。

"我们必须唤醒糖人！"杰玛说。

"这是我们侦察兵的职责。"宾果说。

他们齐声说："只有糖人能阻止这一切！"

"当然了。"她表示同意，"我可以咔嚓咔嚓咬他一小口，把他叫醒。"

她停顿了一下，说："不过，那可能会让他大发雷霆的。"

宾果和杰玛都想起来，爸爸妈妈曾经警告过他们"暴脾气糖人"的事。

宾果倒吸了一口凉气，问："没别的办法吗？"

"有啊。"格特鲁德说，"最好的办法就是用新鲜甘蔗的甜香味唤醒他……只是有个小问题。我不得不遗憾地告诉你们，我们的甘蔗彻彻底底、完完全全、绝对地一点儿都不剩了。"

只用了一刹那的时间，宾果和杰玛就得出了结论，轰隆隆——轰隆隆——轰隆隆任务下一阶段的行动：弄一些新鲜的甘蔗，在糖人鼻子底下挥动，让他醒过来又不发脾气。这就意味着他们要回到斑鸠河岸边的甘蔗丛。比起糖人的藏身处，那里距离信息总部更近。

他们不得不伴随着渐渐西沉的太阳，再一次长途艰苦跋涉回去。这会让我们的侦察兵迟疑却步吗？

"我们得快点儿！"宾果说。

"我们最好跑回去！"杰玛说。

他们甚至都没来得及和格特鲁德说再见，就匆匆出发了。他们循着来时的脚印，在每个岔路口选择那条亮一些、更亮、最亮的路。天空中的太阳越来越低，这让他们选择岔路的时候越来越难。目前为止，他们没再听到轰隆隆的声音。可是他们知道，当夜晚降临，野猪们会醒过来，然后一步一步向沼泽靠近。

宾果和杰玛一路狂奔。不一会儿，他们就口干舌燥了。他们的腿疲惫不堪，手掌也疼得厉害，上气不接下气。但他们终于来到了甘蔗丛。

胜利！

吱——紧急刹车！

这里到处是响尾蛇。粗鳞响尾蛇！响尾蛇中最危险的，他们有尖利的毒牙和致命的毒液。

嘶嘶嘶嘶！

突然之间，宾果和杰玛遭遇了一群蓄势攻击的响尾蛇。如果我们年轻的浣熊兄弟胆敢摘一点儿，哪怕一丁丁点儿甘蔗，你能想象会发生什么吗？

咔嚓咔嚓！

宾果头顶的毛因为太害怕都立不起来了。杰玛的眼睛也因为太害怕眯不起来了。侦察兵史上最恐怖的时刻！他们突然意识到，没有人告诉他们，当面对一群曲折蠕动、嘶嘶叫的、愤怒的响尾蛇的时候，他们该怎么办。他们可不会唱催眠曲。（催眠曲？什么催眠曲？）噗！噗！这一个下午炸了两次毛了……

　　侦察兵身上的每一根毛都立起来，闪着灰黑色的光泽。他们的膨胀防御让受惊的粗鳞响尾蛇减缓了进攻的脚步，可也只是一刹那而已。不过，那一刹那的时间足够我们的英雄全面撤退了。

49
指路牌

听过克尤特曼·吉姆为他们录制的广告之后，查普和妈妈非常确定，明天一定能来一大批新客人。他们就是相信这一点。

帮人帮到底，吉姆整个上午都在咖啡馆，和查普一起把一些在舢板棚找来的旧木板改造成指路牌。指路牌一共做了三个，克尤特曼·吉姆答应会把它们沿路安放好。

指路牌 1：在这里转弯，去吃世界上最美味的油炸糖派！

指路牌 2：再走两英里，就能吃到油炸糖派啦！

指路牌 3：就快到了！

他们使用了荧光橙色的喷漆，那是奥迪外公很多年以前买的，不过谁也不记得当初是买来做什么的了。三个指路牌做得都不是那么完美，有的字母的油漆还流了下来。

"没关系，"克尤特曼·吉姆说，"只要够醒目就行。"它们的确非常醒目，查普确信这一点。

克尤特曼·吉姆直到下午咖啡馆关门之后才离开。查普和妈妈开始为明天做准备。他们认为克尤特曼·吉姆的广告播出后，一定会有一大批新客人慕名而来。他们事先炸好了至少一百二十个糖派。第二天一早，他们只需迅速热一下，就可以香喷喷地上桌了。如果广告没效果，那可要全都浪费了。糖派如果放置超过一天就不好吃了。那样的话，他们就只能把糖派都扔进斑鸠河，去喂鲶鱼和鳄鱼了。

说真的，喂鳄鱼可不是什么好主意。一旦你喂过一次，他们就会找回来，想要吃更多。

全靠克尤特曼·吉姆的广告了。

一干完厨房里的活儿，查普就独自去取那条要用来装钞票的船。那是一条二人独木舟，船底牢固平坦，船头尖尖的，高出水面几英寸，方形的船尾能保持稳定。

查普从舢板棚里把这只旧独木舟拉出来。他又拖又拽，把船弄上台阶，推进后廊里。以往，这只船看起来很小，可如今放在屋子里，它看上去很大。一想到要用钱把它填满，查普就觉得它更大了。

为了对比一下效果，查普从学校作业本上裁下一张钞票大小的纸，眼看着它飘飘荡荡地沉入船底。那张纸看起来真是太小了。看来要用好多好多钱才能把这船填满。

他试着让自己不再去想索尼博伊与他的协议。毕竟，怎么可能找到糖人存在的证据呢？他抓了抓下巴上被蚊子叮的包，可越抓越觉得刺疼。他索性把手插入口袋，不管了。

他爬进船，坐在里面。在后廊里坐船，这感觉很好笑。斯威特也跳了进来，跳到他腿上，这感觉更好笑了。查普从头到尾摩挲着那只猫。斯威特大声地咕噜噜叫着。查普想，这么大的咕噜噜声，就像要爆炸似的。就在那时，他们听到了轰隆隆的声音。斯威特用爪子抓了一下查普的大腿。"人类，"那只猫用标准的猫语说，"你们听到那些轰隆隆的声音了吗？"

"哎呀！"查普抱起那只猫说，"只不过是暴风雨罢了。"查普深吸了一口气，似乎都能闻到风雨欲来的味道。尽管他知道，雨其实还要好久才到。

"没错，"他说，"正值雨季，好啦。"

可是，斯威特知道那根本不是什么暴风雨。这轰隆隆的声音是外面的什么东西发出的。那东西又大又恶心。轰隆隆——轰隆隆——轰隆隆——轰隆隆！听到了吗？斯威特又发出咝咝声，查普反而大笑起来。

哼！对一只猫而言，还有什么比被嘲笑更糟糕的吗？恐怕没有了。于是，斯威特跳出船，钻进卧室的床底下，开始梳理自己的毛。

还真是的！

查普站起身，舒展一下四肢。他也需要梳洗一下。烤了那么多糖派，他身上沾了一层面粉，额头上还有她妈妈故意抹上去的一小块。先去洗个澡，然后关灯睡觉。天很快就会亮了。

第三个夜晚
The Third Night

借着收音机闹钟发出的光亮，他看到两个带条纹的身体在厨房餐台的边缘走动，一个在前，一个在后。就在他注视着他们的时候，其中一个身影停下来，嗅了嗅空气中的味道。然后，他们两个一起向着斯威特的方向望过来。在他们脸上黑黑的面具后面，四只黑黑的眼睛瞪得圆圆的。

50
眨眼睛

信息总部里，刚刚在甘蔗丛九死一生地遭遇了响尾蛇的宾果和杰玛总算不再发抖了。

"哎呀！"宾果松了一口气。

杰玛抽泣了几下。只差一点儿，他们就成为响尾蛇的美味甜点了。他可不想再想这事了，于是他将目光转向令他愉悦的东西，比如那张惊讶的犰狳的图片。看着它，他总算好受一点儿。

然而，宾果却没感到轻松。他希望当时就能唤醒糖人，希望格特鲁德没吃完甘蔗就好了，希望响尾蛇们不那么暴躁，他希望、希望、希望。

可所有这些愿望都没能实现。糖人还在睡觉，响尾蛇们还在骚动，轰隆隆声还在继续。他想，总有个办法既不被响尾蛇们咔嚓咔嚓吃掉，又能弄到一些甘蔗吧。整个沼泽的安全就靠它了！

他多希望自己能想出这个办法。

然后，突然之间，他想到了。

"眨眼睛！"他喊了出来。那颗星星。他两个晚上以前发现的那颗闪烁的红色星星。眨眼睛——那颗只属于他自己的许愿星。轰隆隆——轰隆隆——轰隆隆任务不得不被暂时搁置，取而代之的是眨眼睛任务。

"来吧！"他对杰玛说。

杰玛双手交叉。如果宾果认为杰玛还会冒着被吃掉的危险回到外面，他就是疯了。

宾果拉住弟弟的手。

杰玛抽了回去。"不去！"他说。然后，为了确保宾果明白他的意思，他又说："不去！不去！不去！就是不去！绝对不去！"

"嗯……"宾果能看出来杰玛意志坚定，他叹了一口气说，"好吧，那我自己去。"然后他放开弟弟的手，转身向出口走去。

杰玛眯起了眼睛。

"我真的走了啊。"宾果说。

杰玛用手捂住耳朵。

"再见！"宾果说，"希望我还能活着回来见你。"

杰玛试图挡住外面的声音，可是最后一句话却穿过他的灰条纹皮毛，钻进他的肚子。他耳中仿佛传来小妈妈诵读侦察兵军令的声音，特别是那一句"要彼此忠诚"。他怎么能让宾果一个人在夜里外出执行任务呢？他不能。然后就像是要催他下定决心似的，轰隆隆——轰隆隆——轰隆隆——轰隆隆的声音又响起来。

杰玛拍了一下自己的额头。他再一次违背自己的意愿，跟着宾果穿过副驾驶一侧的出入口，去寻找那棵高大的松树。为了躲开粗鳞响尾蛇，这一次他们绕了远路。

越接近那棵树，宾果手脚上的疼痛反而减轻了。它们似乎在说：爬上去！他听从了内心的呼唤，爬了上去。杰玛站在树下等待着。他不敢眼观六路了。可是他还能耳听八方，用鼻闻四野。他尽力不去想叔祖父巴尼奥，不去想野猪，不去想响尾蛇。

在他头顶上，宾果很快就爬到了树顶。他从树枝的一边绕到另一边，仔细寻找。他能看到云层在天空中聚集。他深吸了一口气，能感觉到雨要来了。他又绕到另一边，然后，就在那儿，他发现了那颗闪烁的红色星星。

"眨眼睛。"他轻声呼唤着。他应该唱诵一段歌。很久以前，欧老爸曾经教给过他。他全神贯注地回忆。是什么来着？

那颗星星一明一灭，一闪一闪的。他随着它的闪烁用手指敲打着树枝。不一会儿，那节奏就让他想起了那首歌。没错！

"一闪一闪亮晶晶，满天都是小星星……"可是他就会唱到这儿。接下来怎么唱呢？他希望他能借杰玛的思考帽来想一想。星星。不是应该有好多好多关于星星的诗歌吗？没准他能把那些诗歌混编一下，编一首他自己的星星专属的歌曲。

快想想，宾果，好好想想。

接着，宾果！"我想到了！"他说，"我希望我能，我希望我会，会实现今夜许下的愿望。"

当然了！他知道自己要许什么愿望——甘蔗。甜甘蔗。不管怎样，总之是甘蔗。

虽然轰隆隆——轰隆隆——轰隆隆任务还没完成，可突然间，他感觉棒极了。他轻声对"眨眼睛"说："谢谢你！"他刚一说完，云朵就聚集成一团，遮住了所有的星星，当然他的眨眼睛也消失了。

宾果飞快地爬下长叶松，拍了拍杰玛的肩膀，然后他们一起飞快地回到了信息总部。他不知道是怎么回事，虽然不确定愿望能不能实现，可他许过愿之后，感觉好多了。

眨眼睛任务，完成！

51
社会名流

在另一个门廊上——事实上，是在博库家迷人的法式殖民主义风格庄园的游廊上，索尼博伊和耶格正咂巴着嘴，喝着冰镇薄荷酒。其实已经没人住在这庄园里了，只是偶尔在周末或假日会有人来这里小住。索尼博伊长大以后，只来过几次。比起这个古老的旧居，他更喜欢他在休斯敦的宏伟的宅邸。

然而，这间老宅现在却再合适不过了。他能待在这儿监察鳄鱼世界摔跤竞技场和主题公园的修建。如此一来，他就不用坐着悍马来回奔波了。你可不知道那辆车有多费油。

尽管一场暴风雨即将到来，可此刻阳光依然照耀在盛开的杜鹃花上。新安装的驱蚊装置正发挥功效，香茅油浓烈的香味飘荡在空气中。索尼博伊和耶格彼此都不怎么喜欢对方，所以相处起来并没有那么融洽。可是他们都陶醉在占领沼泽的计划中。

在灯光的照耀下，耶格越过她磨砂玻璃杯的顶端看着索尼博伊。她无数次想象着，如何用一个锁喉动作，把他

The True Blue
Scouts of
Sugar Man Swamp

放倒。索尼博伊穿着一身可笑的泡泡纱外套，实在是太好摔了。不过她转念一想，太容易摔了，也没什么成就感。如果有什么是她最爱的，那就是挑战。

索尼博伊知道，耶格又在他身上打什么坏主意。可是他也知道，自己是金主，耶格还要依靠他的资助来完成巡回演出呢。他明白，只要他有钱，两人就相安无事。而且，他不得不承认，他很欣赏她的胆量和摔倒大鳄鱼的技巧。

"亲爱的耶格，"索尼博伊打断了他们在落日中的憧憬，说，"你觉得我们办一个破土动工仪式怎么样？整出些动静。"

这让耶格有些意外。她曾经想过，公园建好后，要不要举行一个盛大的开幕仪式。可她从没想过，破土动工也要举行仪式。

索尼博伊继续说道："我可以邀请各界社会名流前来。这会引起更多人的注意。"

社会名流。耶格喜欢这说法。毫不夸张地说，当她处于鳄鱼摔跤的巅峰的时候，她简直是那个领域的女神，可是没有人称她为"社会名流"。这个词属于完全不同的社会阶层。能与各界社会名流混迹在一起，一定能帮她完成对名利的追求。她喜欢这主意。她想把索尼博伊摔出去的冲动，变少了一点儿。

"继续说。"她想知道更多细节。

他们一边喝着冰镇薄荷酒，一边拟定了一份索尼博伊的有权有势的朋友的名单，全都是位高权重的名流。当索尼博伊写下市长和市长丈夫的名字时，耶格有种奇怪的冲动……嗯，好吧……她闪过一个念头，要拥抱一下索尼博伊。这个想法既让她恶心，又令她激动。就像是拥抱鳄鱼一样，激动、恶心，激动、恶心。你能想象那画面吧。

既然不能把索尼博伊扔出去，她索性把杯子扔了出去。杯子在门廊栏杆上撞碎了，发出清脆的声响。水晶碎片和薄荷酒在灯光的照耀下闪着光。索尼博伊·博库在她心中的位置起了变化，她此刻非常庆幸当初遇见了他。

那的确是幸运的一天。

52
色　子

　　不过，他们最初是怎么碰到一起的呢？那是在新奥尔良的一个赌场里，一手运气不佳的色子让他们相识。

53
标　本

耶格和索尼博伊说了再见，回到房间休息。此时索尼博伊一脸苦相，那个水晶杯是家里几代人传下来的。那是世纪之初时，他的曾祖母在威尼斯买的，家里人一直这么说。可索尼博伊知道，更有可能是他的海盗曾祖父从加尔维斯顿湾的威尼斯游船上抢来的。

真的，这座老庄园里到处是古董，有买的，有抢的。漫步在各个房间中，就像是在参观博物馆。到处都是装满水晶或银质艺术品的架子。餐厅的墙上挂着真丝挂毯。雕塑园里有青铜和大理石雕塑。

藏书室壁炉的上方挂着这个家族的祖先阿鲁西斯·博库的画像。画上的他正威风凛凛地俯视着他的子孙后代。仔细看就会发现，那画框是用一艘旧船的栏杆打造的。太适合了！

画像下面的壁炉架上，放着装裱好的他和糖人的协议。传说，就是这个协议挽救了阿鲁西斯的性命。

索尼博伊以前很喜欢他的祖先注视的目光，可是最近他觉得很不安。他总觉得画像上的人的目光在追着他。于是，他用一块精致的亚麻桌布把画像盖住了。至于那个协议，他随手把它翻过去，扣在了壁炉架上。协议倒是放好了，可是画像上的布总是待不住，时常滑落下来。

索尼博伊试着把布钉上去，可是画框的木头太硬了，根本钉不进去。然后他又试了强力胶水，也粘不住。后来他用胶带固定，可布还是会从上面滑落到壁炉前的地上。自那以后，索尼博伊就把藏书室的门锁上，再也没进去过。

可那也不管用。每次他路过，门都会打开，那肖像都会盯着他看。于是，每当索尼博伊不得不路过藏书室的时候，他都加快脚步跑过去，躲开那个房间和那幅肖像画。他喜欢在书房待着，这里不像正式的藏书室，里面没有皮质封面的书卷，没有他曾曾曾曾曾祖父的严厉的注视，更没有那个协议。书房里舒适多了。他也喜欢书房墙边那一排玻璃橱。他尤其喜欢水晶玻璃瓶里面装的陈酿白兰地。"完美极了！"他说。

众所周知，博库家族的成员都是收藏家，他们的收藏品中就包含生物标本。哺乳动物和鸟类的标本。小时候，索尼博伊都没注意过那些标本。事实上，他拒绝去看它们。那些古老的、死去的动物和它们的玻璃眼睛总令他毛骨悚然。可是今晚，手里捧着一杯陈酿白兰地，他开始欣赏、研究起它们来。他看得出来，它们和史密森尼博物馆[1]中的收藏品一样精细，也一样宝贵。

---

[1] 史密森尼博物馆: 世界上最大的博物馆体系，在它所属的十六所博物馆中，收藏了超过一亿四千万件珍贵的艺术品和稀有的标本。

就在此时，他的目光落在一只鸟类标本上。

"多美丽的鸟。"他说道。他不小心将白兰地洒在了自己的泡泡纱衣袖上，滴落在红木地板上。这么多年了，他怎么从来都没注意？就连他都能从那个鲜红的鸟冠判断出，那是一只成熟的雄鸟。它那末端是白色羽毛的美丽的黑翅膀，伸展开来足有三英尺宽。它看起来像在展翅高飞。幽灵鸟。

索尼博伊一口把剩下的白兰地喝光。酒吞下去有些烈。他凑近一些仔细看，发现了一处褪色的手写的标注："昆顿·博库，收藏于1949年9月，糖人沼泽。"

索尼博伊的脸色又变得难看起来，这可是今晚第二次了。他的父亲昆顿·博库在沼泽里一场奇怪的事故中丧生了。有一天，他带着他的两只猎犬山姆和皮特外出打猎。可几天以后，两只狗回来了，他却没了踪影。又过了几天，人们在一棵树的顶端发现了昆顿的尸体。验尸报告说是突发心脏病，可是没人能解释清，他为什么在那么高的树上。官方说法是他去树上观察鸟类。那之后，索尼博伊的妈妈就带着他搬到了休斯敦。这对索尼博伊而言倒是好事，比起偏僻的沼泽地，他更喜欢大都市。

父亲去世的时候，索尼博伊还没学会走路，因此，他对父亲的记忆不多。更何况，这有限的记忆之中，还有许多不愉快的部分。昆顿·博库似乎更喜欢他的猎犬，而不是他的儿子。在索尼博伊的记忆里，他自己也是更喜欢那两只狗，胜过喜欢他的父亲。

索尼博伊拿起那瓶白兰地，给他的玻璃杯加满了酒。他想，这样看来，奥迪·布雷伯恩在 1949 年拍到了一张这只鸟的照片，也不是胡编乱造的了。他看着面前的标本，那张号称丢失的照片没准拍摄的就是这只鸟呢。

他摇了摇头，都无所谓了。毕竟六十多年过去了，1949 年的时候这种鸟生活在这儿，不代表现在还在。

他又喝了一口白兰地，用舌头细细品味着。有点儿酸。万一有奇迹发生，另一只象牙喙啄木鸟出现在沼泽，那么他和耶格·史迪奇正在谋划的事就全泡汤了。

几年以前，阿肯色州有报道说，有人发现了这种幽灵鸟。于是一时间，那里来了许多鸟类学家、环保人士、科学家、记者和游客。

糖人沼泽是属于他索尼博伊·博库的，可是鸟类观察家们的抗议声会非常强烈，他们都不会允许他在自己的地盘里修建一个舢板棚，更别提一个主题公园了。

索尼博伊看着封装在玻璃柜后方的这只鸟。它的金褐色的眼睛闪耀着光芒，仿佛正直勾勾地盯着他。他喝光了他的酸白兰地，一种许久未有的紧张不安在索尼博伊·博库的身体里升腾，从他脚底的薄袜子开始，一直唑唑地传到他头顶黄灰色的发梢。他将手中的水晶玻璃杯丢了出去，这也是这个晚上第二次了。

54
协议就是协议

在又深又暗的巢穴里，格特鲁德动了一下，可还是没睁开她的眼睛。她知道人们对昆顿之死的"官方"解释，说是突发心脏病。可是她也知道非官方解释：暴脾气糖人。

协议毕竟是协议，要说到做到。

55
金属盒

　　侦察兵们刚一钻过入口，回到信息总部，瓢泼大雨就浇了下来。

　　"太及时了。"宾果说。许完愿后，他感觉好多了。他抬起手，打了个哈欠，然后伸了伸懒腰。他准备好好地睡上一觉。

　　宾果并不知道，其实杰玛也许了一个愿望。他希望爬树不会再让他觉得想吐。他不知道自己的愿望是不是会实现，因为他不像哥哥那样有一颗专属于自己的星星。所以，即使许了愿，他也没感觉好受很多。

　　他双手交叉，生起了闷气。

　　能让杰玛心情愉悦的东西是……艺术品。杰玛太喜欢他发现的那幅《惊讶的犰狳》了。它依然被放在仪表板的上方。每次杰玛看着它，都会感到很开心。至少，会比原来开心一点儿。它能让他在面对暂时搁置的轰隆隆——轰隆隆——轰隆隆任务时，尽可能高兴一些。

　　一想到轰隆隆——轰隆隆——轰隆隆任务，他就会想到甘蔗丛里的响尾蛇。他知道，在太阳再次升起以前，他和宾果必须想出一个办法，既不会被响尾蛇们咔嚓咔嚓吃掉，又能获得一些甘蔗。他的隐形的思考帽在挤压着他的头。此外，他的肚子里还感觉到一阵阵恶心。接着，肚子咕噜噜地叫起来。这才让他意识到他是饿了。他和宾果整整一个白天，外加此刻为止的夜晚，一点儿东西都没吃过。那些淡水小龙虾只是一段遥远的记忆。

他想溜出去找点吃的，可雨点正疯狂地拍打着车顶。下雨的时候，信息总部处于备战状态，随时都有可能被闪电击中。

他揉了揉自己的肚子。哦，好吧，他想，那就再等等吧。他知道，如果他能找点儿事情做，可能会暂时忘了咕噜噜乱叫的肚子。

他又看了一眼那幅犰狳的画，想起前面座椅下那个奇怪的盒子。他想，也许……于是，他钻到座椅下面，鼻子带着身体向前伸。浣熊有非常敏锐的爪子，很快，他就摸到了那个坚硬的、带弹簧闩的金属盒子。他试着把它撬开，可是只能伸进去一根手指。

他在里面摸来摸去，果然，他碰到了什么东西……什么硬硬的东西。它摸起来凉凉的，还很厚，和他之前摸到那幅艺术品的感觉非常不同。他把那个神秘的东西往外拉，可是在盒盖处卡住了。它太厚了。他试着把盒盖再撬开一些，可是金属盒子塞在座位底下，再不能撬开半分了，里面的硬东西还是出不来。

他又拽了拽。

拽出来一点儿。

又拽出来一点儿！

最后，他把后腿蹬在椅子上，用全身的力气使劲拽了一把。

砰！

他像个毛球一样向后滚去，手里还死死攥着那个古怪的东西。总算没白费力气，他两只手掌捧着那个东西，只见它又长又平，顶部和底部是闪着光的铬铜，中间是木头。在较长的两侧有很多孔。

既然上面有很多孔，难道它是一个特殊的小望远镜？他把它举到眼前，向孔洞里望去，可什么也看不见。就算是小望远镜，也没多大用处。不过，侦察兵的工作就是搞清楚这些事情。

他的五感立刻开始行动：

1. 视觉——他拿着它翻过来调过去地看，欣赏着它闪闪发亮的铬铜簧板。他注意到，那些簧板上刻着一些花纹，末端还有一些小螺丝，将它和木头固定在一起。

2. 嗅觉——说真的，它闻起来有点儿发霉的味道，不用说，一定是因为在那个盒子里放了很久了。

3. 触觉——金属的部分光滑而冰凉。木头的部分也很光滑，只是不那么凉。

4. 味觉——他试着咬了一下，可太硬了，咬不动。他用舌头舔了舔，本身没什么味道，可是有刚才说过的霉味儿。他一不留神，这味道一下钻进了他的鼻子。阿嚏！一个喷嚏让他发现了……

5. 声音！

56
口　琴

德国和来牌海军军乐口琴一共有十二个主要的把位，它是所有布鲁斯口琴演奏家们的最爱。鲍勃·迪伦、布鲁斯·斯普林斯汀、尼尔·杨……然而，在这些人之前，还有一位演奏大师——斯诺奇·普赖尔。

根据奥迪·布雷伯恩的说法，"跟斯诺奇·普赖尔相比，其他吹口琴的人都不值一提。"1949 年的时候，鲍勃、布鲁斯和尼尔还都是小婴儿呢。等他们长大一些了，他们一定听说过斯诺奇·普赖尔，奥迪·布雷伯恩也是一样。在听过斯诺奇·普赖尔吹奏口琴之后，奥迪下定决心要学会吹奏布鲁斯口琴。于是，他买了一个 C 大调的德国和来牌海军军乐口琴。而这把在休斯敦市中心的克雷斯吉商店买的口琴，却被丢在了糖人沼泽里。

57
争 吵

　　杰玛打了个喷嚏，却听到它发出声音，他必然是大吃了一惊，可是却不是惊吓，而是惊喜。事实上，他被迷住了。他手上捧着的是一件……一件……乐器。杰玛有了一件真正的乐器。他又吸了吸鼻子，打出了一个喷嚏。阿嚏！果然，又发出一个声音，这一声比刚才那声音调更高。他闭上眼睛，聆听着这个声音。纯净的声音飘入他的耳朵，那一瞬间，他的思想与他的身体仿佛都飘浮在空气中。先是艺术品，现在又是音乐！对杰玛而言，那个副驾驶座位下面的盒子变成了文艺奇迹的来源。谁知道下一次又能从里面找到什么呢？雕塑？诗歌？电影？

　　正当他陶醉其中的时候，有个人一把抢走了这件乐器，是的，你没听错，就从杰玛的手中抢了过去！

　　宾果（猜中了）！（哈，又玩儿了一次。）

　　"还给我！"杰玛说。

　　"我只是想试试看。"宾果说。

　　"可是，是我先发现的。"杰玛说。

　　兄弟俩开始大呼小叫，拽来拽去。

这时候，如果小妈妈和欧老爸在场的话，我们的侦察兵们肯定早就握手言和了。

可是小妈妈和欧老爸不在，所以争吵根本停不下来。要不是突然咔嚓一声，两人还在争呢。一道巨大的闪电从云端劈下来，击中了旧德索托汽车旁边的地面。滋滋……沙沙……呜呜咦……哦哦……刺啦……一阵暴雨砸在挡风玻璃上，仪表板上的灯光也亮了起来，情报之声再一次回荡在信息总部里潮湿的空气中。这次它播报的内容让浣熊兄弟俩非常惊讶："……所以，来主路街的天堂派咖啡馆吧。你再也吃不到更美味的油炸糖派了。由纯质的甘蔗糖制成，一点儿没错，那些派好吃极了！"

说完这些，情报之声的音量越来越小。就在它完全消失之前，浣熊兄弟俩听到"……一天好心情,好点子多多"，紧接着是一声拉长的、深沉的"啊啰"，然后，咔哒一声，灯光灭了，声音也消失了。

宾果和杰玛一声不吭地坐了好长一段时间，那件乐器都被抛在九霄云外了。以前，情报之声曾经告诉过他们很多事情，天气啊，钓鱼啊，甚至是玉米的价格。尽管玉米价格和他们没什么关系，可情报之声说的关于天气和钓鱼的消息，甚至那个关于法罗帮的坏消息全都准确无误。可是，情报之声从来没提到过天堂派，也没说过什么好吃极了……

他们很纳闷，那是什么意思呢？

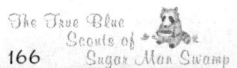

可接着，宾果想起了糖人。

派。

糖人。

派。

糖人。

派。由纯质的甘蔗糖制成。

突然之间，我们的情报员想到一个好主意。"杰玛，"他说，"我们需要一些天堂派。"

58
预　感

在这午夜时分，查普和斯威特也在听克尤特曼·吉姆的广播。当查普听到那则广告时，他咧开嘴笑了。

"天才！"他对着那只猫说。

当人们听到这广告后，就会来主路街排大队了。没错，查普就是有这种预感。

"等不了多久啦！"他对斯威特说。说完，他揉了揉猫耳朵，关上了灯。"等等，"斯威特说，"我有件事要说。"当然了，这个男孩可没理会。他完全听不懂猫语，又怎么能理会呢。查普翻了个身，盖上被子睡觉。

59
还有多远

"还有多远？还有多远？"

十五只法罗帮的小野猪不停地吵闹着。

"还有多远才能吃到甜甘蔗？"

"不远了，我的小坏蛋们。"克莱戴恩说着，生气地磨了磨尖牙。然后她望着巴兹问道："亲爱的，到底还要走多远？"她不耐烦地踢着她的蹄子。他们已经走了好几个小时了，可那片甘蔗地似乎还和出发时一样遥远。

小野猪们的吵闹声要把克莱戴恩逼疯了。她能忍受争吵和偷笑，用头和牙的正面较量她更能应付，可是她完全忍受不了碎碎念。特别是他们一直追问那个令所有家长都抓狂的问题："还有多远啊？"

巴兹知道克莱戴恩的脾气变得非常暴躁。他试图转移她的注意力，让她冷静下来。"我知道了，"他说，"我们再去打几个滚吧。"

他带着他们来到一处浅浅的池塘。这里本来是一群牛喝水的地方，在野猪们到来之前，牛都逃跑了。巴兹认为在这里停留一下是最好不过的了。

"耶！"小野猪们尖叫着。

"你去打滚吧，"克莱戴恩说，"我要去用头撞撞树。"没错，她真的用头去撞树了。撞过之后，克莱戴恩感觉好多了，那棵可怜的树可遭了殃。等她撞够了，树枝上一片叶子都不剩了，树皮也全都脱落下来。

巴兹用充满爱慕的眼神看着她，说："真是我的好女孩儿！"

然后在十五只小野猪的注视下，他扑通一声，跳进了满是淤泥的池塘里。"万岁！"小野猪们大喊着。

一大群野猪欢快地嬉闹着。直到最小的那只又念叨起来："还有多远？还有多远？"

60
天　堂

宾果和杰玛知道，用不了多久，法罗帮就到了。他们能感觉到轰隆隆——轰隆隆——轰隆隆——轰隆隆的声音越来越强烈。

他们费了不少时间来寻找天堂派咖啡馆的位置，情报之声说它在主路街上。可是他们不知道那是什么意思。他们不像史蒂夫一样有 GPS 导航，也没有画在餐巾纸上的地图。不过，他们觉得应该不会太远，要不然，情报之声就不会告诉他们了。所以，尽管雨还在下，兄弟俩还是在夜色中出发了。

他们一直没找到那个小咖啡馆。杰玛厌烦了总是绕大圈子，停下来向一只臭鼬打听方向。臭鼬因为总是喜欢对着别人喷臭气而名声不太好，可是他们的鼻子却非常灵敏。而且只要他们没有受到惊吓或是被激怒，他们不会随便喷臭气的。杰玛想，臭鼬可以用灵敏的鼻子帮他们指明天堂派的方位。遇见第一只臭鼬的时候，他小心翼翼地靠过去。那只臭鼬非常乐意帮忙。他并没有喷臭气。

原来，那个咖啡馆离信息总部并不远，也就一英里左右。谁能想到呢？

果然，宾果和杰玛还没看到指路牌，就已经闻到了味道。天啊，那些派真是太香了！它们闻起来真的像是天堂一般。循着味道，宾果都不用睁开眼睛看路了。他嘴里溢满了口水，都要流出来了。

杰玛不得不把宾果从陶醉中摇醒。"到啦！"

宾果睁开眼睛时，雨也停了。就在他们面前，是一所建在木桩上的小房子。如果附近的斑鸠河涨水了，水越过堤岸涌出来，就会从房子下面流过，不会淹到房子。房子有一个前廊，一个后廊。只有一扇窗户里亮着灯光。当他们站在那儿的时候，那盏灯也熄灭了。

他们俩的肚子都咕咕叫着。黏稠的空气中飘散着浓郁的派的味道，仿佛他们一张口就能咬到。

杰玛轻轻推了一下宾果，说："别忘了我们的任务。"

"任务？"宾果问。派的香甜让他把什么都忘了。

"轰隆隆——轰隆隆——轰隆隆任务。"杰玛提醒他。

那一刻，宾果的口水又流了下来。然后杰玛一巴掌拍在他的后背上。

"任务，任务，任务！"杰玛说。

最后，宾果终于从甜蜜的派的味道中清醒过来。

"是的，"他说，"任务。"突然之间，任务的紧迫性让他涌起一股力量。他可是糖人沼泽侦察兵！他们的任务是唤醒糖人，去对付入侵的法罗帮。

一切都靠糖人了！

派和甘蔗不一样，可是派里面有甘蔗糖。既然甘蔗丛被一群凶恶的响尾蛇守卫着，那么只能用派了。

所以，他们来到这儿，向着咖啡馆前进，打算去偷几个派。房屋一侧的窗户只有一个小缝隙，很小的缝隙，不过也够了。砰的一下，先是宾果进去，紧接着又是砰的一下，杰玛也进去了。然后蹬蹬两下，他们都爬上了餐台。

胜利！

他们用了点时间侦查，当眼睛适应了周围的环境，他们向四周看过去，发现了……堆成小山似的油炸糖派。

天堂啊！这就是他们此刻所处的地方。

好吧，他们其实是在天堂派咖啡馆。

可是，并不是只有他们在这儿。

61
不速之客

深更半夜，睡得正香的时候，斯威特听到砰的一声。什么声音？他竖起耳朵。什么也没有。

然后，他又听到砰的一声！有人闯进了咖啡馆。是老鼠吗？他简直不敢相信，老鼠竟然敢闯入他的地盘。自从斯威特掌管这一片儿以来，还没有一只老鼠敢自不量力地踏入咖啡馆的门槛。

砰！

大老鼠！斯威特想。他轻轻地跳下床，尽量不发出任何声响。然后他蹑手蹑脚地走到墙角，穿过房门。他的身体紧贴着地面，就像是一片薄薄的影子。厨房的门只开了一个小缝，刚够他把鼻子探进去。

他的胡须抽动着。里面绝对有什么东西。可是他灵敏的嗅觉告诉他，那不是一只老鼠，也不是人类。斯威特太熟悉人类的气味了。

肯定也不是一只狗。他也很清楚狗的气味，难闻死了。况且，狗都很吵。可是偷偷溜进厨房的这个家伙却非常安静，非常隐秘。

砰！砰！

两只！厨房里有两只不速之客。斯威特扭动他的尾巴，把身体伏得更低了。然后，借着收音机闹钟发出的光亮，他看到两个带条纹的身体在厨房餐台的边缘走动，一个在前，一个在后。就在他注视着他们的时候，其中一个身影停下来，嗅了嗅空气中的味道。然后，他们两个一起向着斯威特的方向望过来。在他们脸上黑黑的面具后面，四只黑黑的眼睛瞪得圆圆的。

等一下！黑黑的面具？现在，斯威特终于明白自己看到的是什么了。盗贼！

天堂派咖啡馆闹贼啦！

"小偷！"斯威特姜黄色的毛突然都炸了起来！（尽管猫并不是浣熊科家族的成员，可他们也会炸毛。）斯威特的爪子在木地板上一蹬，嗖的一下钻到了查普的床底下。然后他把自己蜷缩成一团，发出了一声低沉的怒吼。接着，他又嘶嘶叫了几声。

"人类！你们都在哪儿啊？"他用最大的声音喵喵地叫着。这种情况下，人类不是应该站出来保护他吗？他们不是应该采取些防卫措施吗？怎么他们都不醒啊？

可是，人类做了一天的糖派，都累坏了。他们筋疲力尽，正呼呼大睡呢。有人形容这叫"睡死了"。或者换个说法，"睡得不省人事了"。

62
偷派贼

厨房里的宾果和杰玛意识到他们被发现了。他们抓起尽可能多的糖派。通过厨房窗户的那个缝隙，把它们一点儿一点儿地塞出去。

最后，宾果小声对杰玛说："差不多了，我们撤！"他们抱着糖派，砰砰两声跳出窗外，然后甩开他们的小腿，全速撤退。

快跑，年轻的偷派贼！

63
坚决不出去

过了好久好久，斯威特才放松下来。每次他一闭上眼睛，就能看到那两张凶恶的黑色面具。他平时柔顺光滑的姜黄色的毛炸了好几个小时。

先是轰隆隆——轰隆隆——轰隆隆——轰隆隆的声音，现在又有盗贼入侵。接下来还有什么？

他想，他应该躲进他的盒子。可是那盒子在远处的第三个房间里，放在洗衣机旁。他把自己蜷缩成一个球。他可以先等等。

太阳升起来以前，他是绝不会从床底下爬出去的。绝不！嗯。坚决不出去。

64
消　息

　　对克尤特曼·吉姆而言，这也是一个漫漫长夜。自从他播出了天堂派的广告之后，热线电话就没断过。人们打进来询问各种各样的问题：

　　"要去那儿的话，我应该往哪个方向开？"

　　"这得看你从哪儿来了。"

　　"我在哪儿拐弯？"

　　"按照指路牌走。"

　　"一个派多少钱？"

　　"两块钱一个，五块钱三个。"

　　"他们都是用黑砂糖做的派吗？"

　　"直接用纯正甘蔗糖做的。"

　　"糖都是新鲜榨取的吗？"

　　"就在他们厨房里鲜榨的。"

　　"他们有法式烘焙咖啡吗？"

　　"没有。社区俱乐部咖啡，巴吞鲁日烘焙的。"

　　"一个人能吃几个派？"

　　"想吃几个就吃几个。"

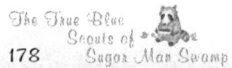

"可以打包吗？"

"只要你能忍到走出咖啡馆再吃。"

克尤特曼·吉姆刚刚回答完一个电话，另一个电话就打进来。问题一个接一个，他都挤不出时间播报天气了。过了午夜，电话终于少了一些，他也有机会喘口气了。他咧开嘴笑着，照今晚的情况看，明天一早天堂派咖啡馆要人满为患了。他只希望到时候还能剩下一个派给他！

这时，电话又响了。

索尼博伊·博库。克尤特曼·吉姆感觉到空气中一阵寒意。索尼博伊打来电话可不是为了派。不是。他打电话来告诉克尤特曼·吉姆，他和耶格·史迪奇打算为鳄鱼世界摔跤竞技场和主题公园召开一个破土动工仪式。

"就在后天。"他说，"务必让你的听众们都知道。"

克尤特曼·吉姆双手交叉放在背后，说："当然，博库先生，一定。"然后他记下了所有相关信息，包括宾客名单。当他写到市长的名字时，他的笔莫名其妙地没水了。

就像我们之前提到的，有些消息值得分享，有些不是。这条关于破土动工仪式的消息就属于后者。

当然，克尤特曼·吉姆知道，不管他怎么做，最终这消息还是会传播出去。不过在此之前，他要尽全力封锁这个消息。

"只能如此了。"他对自己说。此刻，他想不到更好的办法。

65
一个够吗

浣熊是非常灵活的。他们既可以用四条腿走路，也可以只用两条腿走路。当他们很着急时，当然是用四条腿更快。可是此刻，他们的前腿抱着满满一把油炸糖派，不得不用两条后腿拼尽全力奔跑。

他们就这样一路跑回了信息总部。

哇哦！

他们飞快地钻过副驾驶一侧的入口，扑通一屁股坐在前座上。既然浣熊们都不太会数数，我们这么说吧，他们手上的派大约在四个到十二个之间。还要说的是，他们一路把这些派捧在鼻子底下，实在是一种甜蜜的折磨。

宾果看着散落在前座上的一堆派，说："我觉得我们拿多了。"

杰玛点了点头。然后他说出了宾果正在想的事情："既然如此，我觉得我们尝一个也没问题，对吗？"

那可是他们最大的愿望。他们每人拿起一个天堂派，然后——兄弟姐妹们，都坐好——他们觉得这是他们有生以来吃过的最美味的东西。不管是小龙虾，还是黑莓；蟋蟀，还是鼻涕虫和鲦鱼，全都没法和它相提并论。

那些派真是好吃极了！

他们每人都吃了一个。然后又吃了一个。然后，真的就再吃一个。好吧，吃完这个绝对不再吃了。

宾果和杰玛得了天堂派狂热症。可是，一个细微的声音出现在宾果的脑海里：

"快停下！"

他的肚子撑得像个气球。

"哦，我的天啊！"杰玛低头看着自己的肚皮说道。撑得圆鼓鼓的肚子上全是糖派的碎渣。他从来没吃得这么撑过。

可关键问题不是肚皮快撑破了。宾果惊慌失措地拍了拍座椅。他望了望座位下面，又跳到后座上。他拍了拍地板，又检查了一下仪表板，他甚至跳到仪表板上。最后，他不得不强迫自己再次查看前座，那里本来放着所有偷来的糖派，那些糖派本来是用来代替甘蔗去唤醒糖人的。可是那些派被他和杰玛狼吞虎咽地吃光了。所有的糖派，都吃完了。

几乎吃光了。

还剩下孤零零的一个，最后一个油炸糖派。

一个

油炸

糖派。

前座上

孤零零的

一个。

如果这还不算糟糕的话。轰隆隆——轰隆隆——轰隆隆——轰隆隆！轰隆隆——轰隆隆——轰隆隆——轰隆隆！

当我们的侦察兵在疯狂地吃派的时候，他们暂时忘了法罗帮！宾果拍了一下自己的额头。他们本来是要做优秀的小侦察兵的，可是他们的行为却像……好吧，像野猪一样！不止如此，现在他们只留下了一个派给糖人。一个非常非常小的派。

怎么办呢？

轰隆隆——轰隆隆——轰隆隆——轰隆隆！

杰玛蹭了蹭双手，把手上的糖抹掉。

宾果望着信息总部明亮的车窗。透过藤蔓，他能看得出，太阳就要升起来了。天亮之后再回到天堂派咖啡馆是绝对不可能的。

他瘫坐在椅子上。他身边的杰玛也眯起了眼睛。他的隐形的思考帽压低在眉毛上。然后他忙着打扫起皮质座椅上残留的碎渣。每隔一会儿，他就停下来欣赏一下仪表板上的艺术品。那只犰狳让他感觉好受点儿，可是也就好受一丁点儿。

本来是一片世界末日的绝望景象，可宾果突然张开嘴，嗝！一股甜味飘荡在空气中。接着又是几声嗝！嗝！嗝！

他们还没反应过来，空气里已经到处弥漫着香甜的味道。但这只是一时的欢愉，很快他们就意识到了情况的严峻性。

事情是这样：

1. 他们本应该收集一些野生甘蔗来唤醒糖人；
2. 他们的行动被响尾蛇群阻止了；
3. 情报之声告诉他们天堂派味道好极了；
4. 一个天堂派必须要唤醒糖人；
5. 重点在于一个，一个派。

兄弟俩看着硕果仅存的一个油炸糖派。一个派够吗？对于一个手掌像剧蒲葵一样大，双脚像两只独木舟的人来说，一个派够吗？对于一个将巨型粗鳞响尾蛇当宠物养的人来说，一个派够吗？宾果头顶上两耳间的毛又竖起来了。杰玛紧紧眯着眼睛。

一个派必须成功。

太阳缓缓升到空中，宾果拿起那唯一的一个派，和杰玛一起许愿。然后，他们向森林里最深最暗的地方走去。

轰隆隆——轰隆隆——轰隆隆——轰隆隆！

第三个白天
The Third Day

　　也许是因为脸离地面太近了，他开始观察起土地上的痕迹。就在软软的泥土上，有浣熊的脚印。他松开甘蔗，一屁股坐到地上。他的胸膛随着呼吸剧烈起伏着。然后，他用手摸了摸地面上的脚印。脚印刚留下不久，不超过一天。

66
泥爪印

查普走进厨房。他能听到妈妈在整理桌椅，准备着咖啡馆开门营业。他看了一眼闹钟——早上四点半。闹钟上的数字发出淡淡的光。太阳就要升起来了。他打开了收音机。

克尤特曼·吉姆洪亮的声音传出来，打破了厨房里的宁静。他刚好在做结束语："……一天好心情，好点子多多！"

查普取出一袋咖啡豆，倒进研磨机里。当他把水倒入咖啡壶的时候，他发现厨房里有一些古怪，有点儿不寻常，有些不对劲儿……泥爪印。他靠近一些看那些脚印，然后循着它们一路走向窗台。收音机就放在那儿，史蒂夫的手机也放在那儿。他回头看了看餐台。派。好多派。全堆在那儿呢。

可是……似乎比他昨天晚上睡觉的时候少了一些。

"小偷！"他大叫一声，"我们被偷了！"

就在同一时刻，克尤特曼·吉姆说了最后一句结束语："啊啰！"

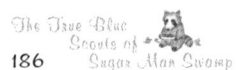

67
卖完了

奥迪外公会怎么做？看到餐台上的泥爪印后，查普的脑袋里就冒出这个问题。他知道奥迪外公一向喜欢当地的浣熊。可是此刻，查普却无法喜欢他们了。

如果有枪的话，他没准会对着他们射击。或者，至少在他们头顶放两枪把他们吓走。可他没有枪。他只有外公留下的旧镰刀，而且只允许用来砍甘蔗，不能用来伤害野生动物。

"我们生活在他们的土地上，"奥迪外公总是这样对查普说，"而不是他们侵犯了我们。"查普很尊重这一点。想到奥迪外公，他冷静了一些。如果奥迪还活着，他很可能会把这次盗窃事件说成一个好玩儿的故事。查普想到了外公画的那幅浣熊吹口琴的图画。

可是奥迪外公并不需要筹集一整船现金，来阻止耶格·史迪奇和索尼博伊·博库把这片沼泽变成一个讨厌的秀场啊。

现在，家里主事的男人不是奥迪外公了，而是查普。至少，应该是查普。奥迪外公去见造物主了，浣熊们也来偷他的糖派了。对这两件事，查普都无能为力。他很想踢东西，扔东西，打东西。可所有他想踢、想扔、想打的东西，看起来都像……浣熊！

可是他也知道，外公绝不会踢、扔或打任何动物，即使是偷派贼。

查普向四周看了看，他意识到自己现在最需要的就是……咖啡！他在那只大青鹭杯子里倒了满满一大杯咖啡。他将杯子举到唇边的时候，手一直在抖。

烫烫烫！

苦苦苦！

苦涩的味道依然没变。他吞了下去，又喝了一口。

然后，没等妈妈来，他自己开始清理餐台，擦掉所有证据。他看着他们烤好的那一堆小山似的派。好多好多派啊！几十上百个。全都是他砍了几个小时甘蔗，又把粗甘蔗塞进榨汁机，和面，拌馅，然后用好多高温的油一个一个炸出来的。付出了好多好多的辛劳，才换来现在餐台上这一堆新鲜的油炸糖派。他不禁数了起来。

他估算了一下，浣熊偷走的派大约在四个和十二个之间。查普想了想，还剩下许多派，这些派也足够了。

不管怎样，查普认为，"一个男人的家就是他的城堡。"虽然没造成什么损失，可他的城堡还是被攻陷了。他必须采取点措施，以防浣熊再次成功入侵。他很清楚该怎么做。

"捕兽笼！"他说道。几年以前，一只山猫曾经在他

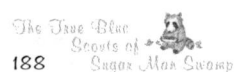

们的门廊下定居。奥迪外公用他的哈瓦哈捕兽笼抓住了他，然后把他带到河流下游很远的地方放生了。他们后来再也没见过那只山猫。

查普也能用同样的方法抓浣熊，不需要枪。他挺起胸膛，也不需要胸毛。

他又喝了一口黑咖啡。咖啡烫了他的舌头。怎么会有人喜欢喝这种东西？他正打算大声问出心中的疑惑，可这时，传来妈妈的声音："查普？你能来一下吗？"他转身去找妈妈，看到她正在开门。

门外的前廊上，排了长长的一队人，全都迫不及待地要尝一尝糖派。查普从来没见过这么长的队伍。从门开始，曲折蜿蜒地穿过停车场，一直延续到主路街上。妈妈将"休息中"的牌子翻到"营业中"那面，然后说："快请进！"这些人就陆陆续续地走了进来。

查普尽可能快地给客人们供应着糖派。他从来没看到这么多人垂涎欲滴，也从来没听过这么多的溢美之词。

"克尤特曼·吉姆说这些派简直是味道好极了！"

然后他们咬一口派，接着说："嗯……这些派果然是味道好极了！"

一块钱，五块钱，十块钱。还有一堆面值两元的钞票。一个接一个的顾客走进来，买糖派吃。一张又一张的钞票，渐渐填入那只船。没过多久，船底就铺满了现金。天堂派咖啡馆的油炸糖派全都卖完了。

68
黑砂糖

让我来告诉你，世界上有许多种糖。有甜菜制成的糖，有玉米制成的糖。可是，斑鸠河畔生长的野生甘蔗制成的糖是世界上最好的糖。

黑砂糖。这是它的名字。这些野生甘蔗并不是得克萨斯州本地的品种，谁也不知道最初它们怎么会在那儿落地生根的。也许，是暴风雨将一颗种子带到了那里，也许是路过的商人种下去的，也许是大雁飞过的时候留下的。这成为了沼泽里最神秘的谜题之一。

它不像是你在超市买到的白糖那样颗粒状的。不不不。

它最原始的样子是棕褐色的，像是巴巴多斯的沙子，像是斑鸠河里的水，又像走鹃的羽毛。就是那样的棕褐色。

它的味道如天堂般美妙。

没有什么能与之媲美。没有。克莱戴恩就是想尝一尝。哼哼唧唧，哼哼唧唧，哼哼唧唧！快给这个女孩来点儿黑砂糖尝尝吧！

69
千万当心

　　已经过了正午，宾果知道他们必须要加快速度了。在进入黑暗的沼泽深处以后，哪怕是再少的阳光，他们也需要它来引路。

　　快点儿！他想。轰隆隆——轰隆隆——轰隆隆——轰隆隆的声音传来，仿佛也在催促着他。他能感觉到法罗帮离沼泽地更近了。

　　快点儿！侦察兵们，快点儿！

　　然后宾果突然冒出一个可怕的想法。即使他们真的用派唤醒了糖人，那么然后呢？侦察兵军令只说唤醒糖人，却没说之后怎么办。

　　难道忘记了吗？那可是暴脾气糖人！

　　当然没忘。绝不可能忘记。我们记得糖人的血液里流淌着一点儿响尾蛇的毒液。而且众所周知，响尾蛇可是极其易怒好斗的。事实上，他们全都非常恶毒。

　　咔嚓咔嚓！

　　当心！侦察兵们。千万当心！

70
进　攻

一般情况下，野猪们是不会在白天活动的。可是所有人都变得极其不耐烦了，于是巴兹决定早点动身上路。可是他的雄心壮志并没有换来克莱戴恩的赞赏，反而换来一堆抱怨牢骚。

很显然，她的美容觉没睡够，副作用显示出来了。她的黄眼睛变得更黄了，卷曲的尾巴耷拉着。巴兹不禁想，我当初怎么会看上她呢？

可并不是只有她一个人在抱怨。队伍里的每一只小野猪都抱怨个不停。

"他拽我的尾巴！"

"她撞了我一下！"

"我要上厕所！"

"我肚子疼！"

牢骚声此起彼伏，无休无止。如果野猪能上树，巴兹早就找一棵树躲上去了。

甘蔗！他祈祷着，赶紧让我们找到甘蔗吧。然后，他对一大家子说："就快到了！"可是这话听了太多次了，所以小野猪们还是继续抱怨个不停。

"他咬我的耳朵！"

"我想要再去泥塘洗个澡。"

"你凭什么管我！"

巴兹真想把他们都丢在最近的猪棚。当然，这里得先有个猪棚才行。我们都知道，那是不可能的。

就在此时，猪神显灵了。他们遇到了一大堆干草垛。

"进攻！"巴兹喊。然后所有这十七只抱怨不停的野猪都低下头，冲向那个无辜的干草垛。一时间，干草漫天飞。最重要的是，野猪们的火气都发泄出去了。克莱戴恩又变得沉着冷静。巴兹又变成半个乐天派！

71
浣　熊

查普也是半个乐天派。看到一张张钞票装进船里，查普想，没准他们能保住咖啡馆呢。可是即使他们能想办法保住咖啡馆，查普也知道，他们最应该保护的是这片沼泽。索尼博伊的声音回荡在他耳边："如果我看到糖人存在的证据，我就把整个沼泽地给你。"

证据？糖人？他只有他外公的旧画作，那张和浣熊吹口琴的一页粘在一起的图画，还是 1949 年画的。

那个时间总是令查普想起德索托汽车。查普想，如果他不能保护好这片沼泽，那么从这个世界上永远消失的将不仅仅是象牙喙啄木鸟。他还在想，能不能找到外公极其珍视的、那辆有简易传动装置和瀑布型前脸的运动家型汽车。

"引擎盖上有一个会发光的装饰。"外公曾经对他说，"其他车都不像它这样。"查普知道，找到那辆车，还有再看一眼象牙喙啄木鸟，并把他画在写生簿上，一直是外公最深切的愿望。

而外公最大的愿望，也就是查普最大的愿望，一向如此。我们是同胞！我们来自同一片土地。奥迪外公虽然离开了这个世界，可是他的愿望还没实现，一直留在查普的心中。如果这时候能出去寻找那只鸟和那辆车，他会立刻出发。可惜，派都卖光了，他还有好几个小时的工作要做。

妈妈说："我们得再多做一倍。"

所以，当那群野猪在攻击干草垛的时候，查普正在甘蔗丛里战斗呢。

不一会儿的工夫，他就胳膊疼，背也疼，全身上下都疼。不止如此，午后的阳光太毒了。他用衣袖擦着汗，可是没多大用，衣袖早就被汗水浸透了。

他也知道，响尾蛇们随时都会醒来。奥迪外公曾经警告过他："催眠曲一天只能用一次，第二次就不管用了。"查普从来没问过外公，第二次用会怎么样。他有一个好办法。

又一次，他用一根细绳将甘蔗捆在一起，然后拖着比上一次重一倍的甘蔗往回走。他不得不将两只手背到身后一起拉，整个身体向前倾，都快贴到地面了。他感觉到大腿的肌肉都绷紧了。汗水从鼻尖上滴下来，他张嘴大口大口地喘着粗气，疼痛的感觉一路从肋骨传到脚底。

也许是因为脸离地面太近了，他开始观察起土地上的痕迹。就在软软的泥土上，有浣熊的脚印。他松开甘蔗，一屁股坐到地上。他的胸膛随着呼吸剧烈起伏着。然后，他用手摸了摸地面上的脚印。脚印刚留下不久，不超过一天。

这会和厨房里的浣熊是同一批吗？他靠近一些，仔细观察。他能分辨出，那是走在一起的两只浣熊的脚印。一对儿浣熊，和厨房里的一样。根据泥土里脚印的突然转向，看起来这两只浣熊来了个急停，一百八十度转身，向着来时的道路飞快地逃走了。

"响尾蛇！"查普说，"他们一定是遇见了响尾蛇。"

可是，他们来甘蔗丛做什么呢？沼泽里的动物们都知道要离这里的蛇远远的。这两只浣熊也和他一样，来砍甘蔗的吗？紧接着，另一个问题出现在他脑海中：这片土地上有各种各样的食物，浣熊打什么时候开始喜欢吃甜食了？沼泽里有好多好多小龙虾、浆果、蛞蝓和蜥蜴，浣熊不是最爱吃这些东西吗？

查普抓了抓脑袋。有一件事是可以确定的。如果这些浣熊真的开始喜欢吃甜食了，那么他回家后必须设置捕兽笼了。因为他还知道浣熊们的另一个习惯：一旦发现某处他们喜欢的地方，他们一定会再回去。没错，他们会再去的。

72
大 车

稍等一下，让我们先陈述几个事实。1949 年产的运动家款德索托汽车的总重量超过三千五百磅，轴距一百二十五点五英寸，车身全长十七英尺。

我的天！那真是一辆大车。

不过你可能会问，那索尼博伊·博库的加长悍马有多大？就是那辆勒罗伊每天擦得锃亮，都能照出人影的豪华轿车。

洛杉矶定制汽车服务部的菲尔专家告诉我们，它比德索托宽好多，有一百八十英寸宽；也比德索托长一倍，有三十五英尺长。然而，它最大的优势是车身重量。那辆悍马有一万一千磅重。我的天！那可真是一个大铁块！

而且它里面娱乐装备齐全，霓虹灯、闪光灯和等离子电视，还有二十四个座椅。总而言之，就是一个旋转舞厅。

73
古老回忆

　　我们刚才说过加长悍马里面有二十四个座位了吗？哦，对了，说过了。这就意味着，索尼博伊和耶格·史迪奇可以邀请二十二位各界社会名流来参加破土动工仪式。计划是先在博库家庄园的游廊上共进午餐，同时欣赏耶格表演鳄鱼摔跤技巧。

　　之后，勒罗伊会开车送所有的宾客去破土动工的地方。

　　哦，我们说过了吗？破土动工的地方就在斑鸠河岸边的甘蔗地里。所有宾客都要步行经过天堂派咖啡馆才能到达。这个我们肯定没说过。

　　索尼博伊兴奋地摩挲着双手。

　　"我们没准可以去吃几个油炸糖派。"他笑着说。耶格又一次有点儿想要亲他一下，这冲动让她胃里一阵恶心。

　　好像能读懂她的心思似的，索尼博伊问："到时候，你会表演亲吻鳄鱼吗？"

　　"当然。"她答道。亲吻鳄鱼是她鳄鱼摔跤的一个固定环节。她已经亲吻过成百上千条鳄鱼了。亲鳄鱼可比亲索尼博伊·博库感觉好多了。

索尼博伊·博库也没这个打算。他宁可去亲吻糖人。
哈！

根本没人能证明糖人的存在。一点儿证据都没有。他就像阿富汗野人、大脚野人和喜马拉雅山雪人一样神秘。唯一声称见过他的人就是他的海盗祖先。阿鲁西斯？他也只是个回忆而已。

就像是象牙喙啄木鸟，就像是他的父亲昆顿，就像是奥迪·布雷伯恩。都只不过是疯狂的古老回忆。仅此而已。

74
不是回忆

对于女儿和外孙查普而言，奥迪·布雷伯恩可不是一个疯狂的古老回忆，对于他的朋友克尤特曼·吉姆来说也不是。甚至连那只猫都记得他。

还有件事我打赌你肯定不知道：对于糖人而言，奥迪也不是一个疯狂的古老回忆。

不是。

75
朋 友

　　尽管不会经常这样，可偶尔地，糖人会自己醒过来，慢悠悠地走到甘蔗丛，吃几口美味的黑砂糖甘蔗。

　　他倒是很希望身边有堂兄弟陪伴，比如阿富汗野人、大脚野人，或者喜马拉雅山雪人。可是他知道，森林里有他一个神秘生物出现就够危险的了，更别说两个或者更多。他的堂兄弟们也明白这一点，因此他们都老老实实地待在自己的地盘上。

　　所以，试想一下，大约六十多年前的一天下午，当糖人正在甘蔗丛里边吃甘蔗边唱他的响尾蛇催眠曲时，突然听到一个古怪的声音附和着他的歌声，这让他有多么吃惊啊！他又唱了起来：

　　　　乖乖睡吧，响尾蛇

　　　　河水也困了，乖乖睡吧

　　　　甘蔗丛里的响尾蛇

　　　　睡吧睡吧

然后那个声音又响起来，附和着他的歌声。他很喜欢那个声音。它可比那些海盗演奏的讨厌的手风琴好听多了。糖人在甘蔗丛中抬起头，正好和正在吹德国和来牌口琴的年轻的奥迪·布雷伯恩面对面。

　　"你好！"奥迪说。糖人吓了一跳，不小心吞下一大块甘蔗，咳嗽个不停。隔着厚厚的皮毛，奥迪都能看出这个高高的人咳得脸都红了。

　　奥迪就像只野兔一样，飞快地抓起最近的一根树枝，啪的一下，抽在糖人的后背上。糖人还是咳个不停。啪！奥迪又抽了他一下。

　　看到奥迪抽打自己的挚友，格特鲁德正要咔嚓咔嚓咬奥迪的时候，糖人一口喷出了那一大块甘蔗，把它喷进了

斑鸠河。

"哎呀!"糖人大喊一声。然后他低头看着奥迪,就在那一刻,两人变成了朋友。接下来的几个小时里,两人一起吃着甘蔗,聊着天。后来,两人一起放声高歌。他们唱了一遍又一遍,把格特鲁德都唱迷糊了,唱得她也喜欢上奥迪这个朋友了。

可是过了一会儿,糖人就困了,于是他和奥迪挥手告别,祝福他找到象牙喙啄木鸟,然后他就回到自己又深又暗的巢穴去了。

那真是一个甜蜜的夜晚。当糖人躺下睡觉的时候,他想到自己有了一个新朋友,感觉无比温馨。好梦伴随着糖人。而格特鲁德也很开心,她蜷曲着身体躺在糖人身边,发出叹息。

当然,沼泽侦察兵(那个时候还是宾果和杰玛的祖先呢)目睹了整个事情的经过。没什么能逃得过他们的眼睛。什么都逃不过。

因此,几天以后,在倾盆大雨之中,发着高烧的奥迪昏睡在德索托汽车里,而汽车正漂向泥泞的河流深处,他却全然不知的时候,糖人沼泽侦察兵发现了。他们先是敲打车窗,希望奥迪醒过来。然后他们又爬上车顶上下乱跳。车里面还是没有动静。他们甚至尝试着去开车门。他们又拉又拽。可是车门被奥迪锁得紧紧的。

他们知道,此时情况紧急。他们只有一个办法。于是他们飞快地跑到沼泽最深最暗的角落，恳求格特鲁德唤醒糖人。刚开始，他的确很生气，可是当他听说他的新朋友奥迪就要被河水冲走了，他迅速赶了过去。他抓住德索托汽车的后保险杠，把这辆巨大的运动家款汽车从河里拖了出来。然后他把汽车扑通一下放在河岸边的一个小山包上。从那以后，那辆车就一直停在那个隐蔽的地方，车上老探险家的半身像一直望着河水静静流淌。

糖人透过车窗看了看，确保奥迪安然无恙后才离开。他向车内张望的时候，正好一小道闪电劈到他的脸上，一时间，他眼冒金星。他眨了眨眼睛。没关系，最重要的是奥迪没事儿。

从那以后，糖人睡觉的时间一年比一年长，他越来越难以醒过来。问问格特鲁德就知道了。

可是现在呢？法罗帮正在靠近。如果有什么时候能算是万分紧急，那就是此刻了。宾果和杰玛明白这一点。他们同样知道，如果他们不能唤醒糖人，那么法罗帮必然会毁掉沼泽地。

宾果把派举到鼻子前面。他越来越担忧了。是美丽的糖人沼泽，还是一片狼藉，全靠这个派了。

这么说吧，兄弟姐妹们，此乃危急存亡之时！

第四个夜晚
The Fourth Night

　　在他们面前的就是身形巨大、呼呼大睡的糖人。宾果和杰
玛紧紧挤在一起壮胆。他们从头到脚观察着糖人。传言都是真
的。他的手像剧蒲葵一般大，他的脚像两只小船，他浑身上下
长满了毛，就像是一只熊。

76
跳 蚤

说到野猪……

轰隆隆——轰隆隆——轰隆隆——轰隆隆！

在沼泽最深、最暗的角落里，格特鲁德伸展身躯，发出她美妙的声响。嘶嘶嘶嘶嘶！要是这声音能吓跑无处不在的跳蚤就好了！她浑身上下都痒痒极了。

这让她变得脾气暴躁，让她很想要咔嚓咔嚓咬人。那些咬她的跳蚤弄得她也想咬点儿什么，哪怕是长满毛的也行。

77
山核桃

好吧，这回我们真的要说一说那群野猪了……

"我饿死啦！"克莱戴恩抱怨道。

"我也是。"巴兹说。

"我们都要饿死啦！"那一群小野猪大喊着。

十七只野猪一起站起来四处张望。在把干草垛折腾得乱七八糟之后，他们想在附近找一个水坑，好好地在里面打几个滚。

他们打完滚之后，发现了一棵山核桃树。这棵树就长在刚被他们毁掉的水坑旁，已经有一百多年了。那些野猪用头撞向这棵树，树上的山核桃像下雨一般噼里啪啦掉下来。他们又把这些山核桃捣了个稀烂，捣成了山核桃酱。

所有这一切都伴随着一阵又一阵的嚎叫。真是一场彻头彻尾的灾难！

78
唯一的派

宾果和杰玛偷偷溜到了糖人又深又暗的巢穴外。没有门可敲，也没有门铃可按。他们四处寻找格特鲁德，也不见她的踪影。

"她去哪儿了？"宾果问。

一条巨大的响尾蛇不应该这么难找啊。可是，不论宾果和杰玛如何眼观六路，耳听八方，鼻闻四野，他们都觉察不到她。

"我有种不祥的预感。"杰玛说。格特鲁德曾经对他们说，她从来不吃长毛的东西。可是响尾蛇的话能信吗？

嗯……格特鲁德还让他们去采一些甘蔗来，可是她都没教给他们响尾蛇催眠曲。她连提都没提。

她本应该在这里守卫糖人的。可是她忠于职守了吗？答案也是否定的。

我们的浣熊们可是遇到了难题。

接着，宾果有了一个主意。他把油炸糖派交给杰玛，说："拿着。我要上去了。"说完，他蹭蹭两下，爬上了一棵木兰树。"这里看得更清楚。"

"小……小心点儿！"杰玛紧紧抓着油炸糖派，结结巴巴地说。糖派的味道如此甜美，应该是种享受才对。可现在呢？我们可以肯定地说，完全不是。杰玛眼看着哥哥爬上那棵巨大的树，身影变得越来越小。

宾果终于找到一根足够坚固的树枝，爬了上去，向下张望。他不得不用杰玛那一招——眯起眼睛，向黑暗中看去。他花了几秒钟确定自己的方位。在阴影中，他能看到糖人的巢穴门前长满了树藤和树枝。他眯着眼睛使劲看。正下方是他的弟弟。木兰树太高了，杰玛看上去非常小。可是小小的杰玛身后却有一个巨型的东西在偷偷靠近。

格特鲁德！

宾果倒吸了一口凉气。"快上来！"他对着杰玛大喊道，"快爬上来！快！快！"

杰玛转过身去，他清清楚楚地听到了"嘶嘶嘶嘶嘶"的声音！千钧一发之际，他扔掉手中的油炸糖派，以最快的速度爬上了树。

他以前爬过树吗？没有。

他恐高吗？是的。

一想到爬树他就想吐吗？绝对没错。

可这一切阻止他的脚步了吗？不，完全没有。他身体里沉睡的爬树能手觉醒了。他一刻不停，一路向上爬，四只脚交替得飞快，一口气爬到了哥哥身边。

他们两个坐在树上，惊恐万分，眼睁睁地看着格特鲁德吞下了那唯一的一个油炸糖派。那糖派可是宾果和杰玛好不容易偷来，要拿去唤醒糖人，让他赶跑法罗帮，拯救这片糖人沼泽用的。

就是那个油炸糖派。

现在成了那只野兽的腹中之餐。

而那只野兽吃完还说了一句：

"哎哟！"

79

捕兽笼

　　当然了，偷派的地方还有更多的油炸糖派，可是糖人沼泽侦察兵的手里却一个不剩了。那些派都在天堂派咖啡馆的厨房里，而且查普下定决心不让浣熊们再偷走一个。

　　奥迪外公用来捕捉山猫的哈瓦哈捕兽笼的大小正合适捕捉浣熊，而且方便好用。唯一的问题是，捕兽笼只有一个，可浣熊却有两只。

　　但也只能如此了，查普盘算着，可以一次抓一只。

　　首先，他从舢板棚里把捕兽笼拿出来，用水冲洗了一下，除去残留的山猫的味道。然后，他撒了一些斯威特的猫粮进去，把捕兽笼的机关设置好。

　　"成了。"他说。

　　他退后一步，拿起水管冲了冲捕兽笼周围的地面，除去他自己的气味。

　　"这下应该没问题了。"他说着，心满意足地看着那个简单有效的装置。他在牛仔裤上抹了抹沾满水的手，说："不会伤到任何动物的。"

80
拼 命

这时候，在沼泽最深最暗的角落里，格特鲁德正因为吞吃掉了那个油炸糖派而感到有一点儿懊悔，可是也就一点儿。因为……

第一，那个派实在太好吃了！她觉得那是她吃过的最美味的东西。更重要的是……

第二，似乎连跳蚤都觉得那个派十分美味。因为当她吃过派之后，跳蚤都不再咬她，满心愉悦地走开了。

沼泽里充满了谜题，这里又多了一个新的。可是毫无疑问的是，宾果和杰玛在生格特鲁德的气。

"现在怎么办？"宾果站在木兰树的树枝上大喊道。

"很抱歉！"格特鲁德说，尽管她其实没那么抱歉。摆脱了那些跳蚤，她感到轻松了许多。这两个傻乎乎的浣熊只带来一个派，这真是太糟糕了。要是他们多带几个来，不就没问题了吗？她正要说"再见，侦察兵"，一阵轰隆隆——轰隆隆——轰隆隆——轰隆隆的声音传来。

"什么声音？"她问道。

"法罗帮！"宾果和杰玛一起大喊。他们不是告诉过

她了吗？没错！他们早都说过了。

轰隆隆——轰隆隆——轰隆隆——轰隆隆！

宾果和杰玛知道，如果他们在沼泽最深最暗的角落都能听到轰隆隆的声音，那就说明法罗帮马上就到了。好像是为了证明这一点似的，那声音又响起来了，轰隆隆——轰隆隆——轰隆隆——轰隆隆！

格特鲁德说："我们必须唤醒糖人。"

宾果和杰玛都拍了拍自己的额头，问："要怎么做？我们没弄到甘蔗，因为某人忘记告诉我们，甘蔗地里有一大群恶毒的响尾蛇了。而且现在，我们也没有糖派了，因为某人把它给吃了！"宾果很想再加一句"像只野猪一样把它吃了"，可最终还是忍住没说。

格特鲁德打了个嗝。她不得不承认他们陷入了困境。手上没有甘蔗或者含有甘蔗糖的派，这实在是太糟糕了。

可是她还藏着一件秘密武器——咔嚓咔嚓。

"跟我来！"她对侦察兵们说。

木兰树的树枝上，浣熊兄弟俩对看了一眼，然后又看了看下面的格特鲁德。她又打了个嗝。他们信不过她。可是，唉，他们还有别的办法吗？毫无疑问，已经没别的辙了。他们抛开一切疑虑，飞快地爬下树，跟着格特鲁德走过了洞口的树藤，进入了糖人的巢穴。

这是糖人沼泽侦察兵历史上最拼命的时刻。

81
糖人醒了

夜晚就要过去，太阳也快升起来了。宾果和杰玛眨了好几下眼睛，才适应了巢穴里的黑暗。他们向四周张望。看起来不如他们的信息总部那样舒适，不过却有种家的温馨。杰玛看了看周围的墙，没挂任何艺术品。可是他很喜欢那些错综交织的藤蔓和树枝，它们把这个地方隐秘地遮蔽起来，与世隔绝。

当然，在他们面前的就是身形巨大、呼呼大睡的糖人。宾果和杰玛紧紧挤在一起壮胆。他们从头到脚观察着糖人。传言都是真的。他的手像剧蒲葵一般大，他的脚像两只小船，他浑身上下长满了毛，就像是一只熊。

他们看着格特鲁德扭动着身躯爬到他的身边。"我可以在他鼻子上轻轻地咬一口，把他叫醒。"

宾果和杰玛点了点头。可格特鲁德接着说："当然，有时候被响尾蛇咬过之后，糖人会……嗯……那个词怎么说来着？……哦，对了，他有时候会……大发雷霆。我就是先提醒你们一声。"

宾果打了个冷战。"你觉得这办法行得通吗？"他问。

"你还有别的办法吗？"格特鲁德说。可是她话还没说完，只听嗝的一声，从嗓子眼里打出一个大大的嗝。

　　"天啊！"她接着又打了一个，嗝——

　　突然间，空气中充满了甜味，甘蔗的甜味。正当宾果和杰玛站着一动不动的时候，糖人用一种轻柔、甜蜜的声音说道："嗯……好吃的甘蔗……"然后，在沉睡了六十多年之后，糖人坐了起来，打了个哈欠，伸了伸懒腰。

　　他眨了几下眼睛，扭动庞大的身躯松松筋骨，动了动巨大的脚趾头，然后又打了个哈欠。他微笑着拍了拍格特鲁德，而格特鲁德竟然像猫咪一样发出了咕噜声。"早上好！"糖人说。接着他看到了宾果和杰玛。

　　"侦察兵！"他的声音有几分警觉，"有紧急情况？"

　　宾果和杰玛还没来得及回答，就只听见……

　　轰隆隆——轰隆隆——轰隆隆——轰隆隆！

82
终于到了

克莱戴恩将鼻子伸向空中。

"巴兹！巴兹！我好像闻到了什么味道。"

巴兹也把鼻子伸向空中。"亲爱的，是甘蔗！"

终于到了！克莱戴恩鼻子里的每一根毛都痒痒的。哦，太激动了！啊，太幸福了！她尽情地呼吸着香甜的空气，她的味蕾在舌头上翩翩起舞，她身体里的每一个细胞都因为甘蔗而兴奋起来。

哦，是的，提高音量，大声喊出来吧：

"甘蔗！"法罗帮十五只小野猪大喊道。

是的，没错。他们闻到的正是斑鸠河畔野生甘蔗的甜味。

"我要尝一尝野生甘蔗。"克莱戴恩说道。

"我也是！"巴兹说。

接着，十七只野猪一起用最大的声音喊道："唔咦——噢——唔咦——噢！"

第四个白天
The Fourth Day

　　是的，你没听错，他飞过了沼泽温热潮湿的空气，飞过了树木，飞上了云层，飞向外太空，就像是一颗长了小卷尾巴的巨大的彗星。

83
鳄 鱼

在沼泽的另一边，勒罗伊正驾驶着加长悍马向斑鸠河驶去，而耶格·史迪奇就坐在引擎盖上。今天是破土动工的大日子，耶格需要一只新鲜的鳄鱼。

悍马车后面是一只大拖车，看起来就像是马戏团的车。车身的一侧还印着一只巨大的鳄鱼和一行字——"耶格·史迪奇——北半球鳄鱼摔跤大赛世界冠军"。

勒罗伊从方向盘后面看过去，还以为她是一个巨型引擎装饰。如果她背后有一双翅膀，就成了人形大小的劳斯莱斯天使车标。

勒罗伊做了个鬼脸。耶格·史迪奇可和天使不沾边儿。

她转过头，隔着挡风玻璃挥挥手，示意减速。然后她让他调转车头，让拖车屁股对着斑鸠河。这可不是一件容易的事，毕竟悍马车太长了。三十五英尺，还记得吗？外加十五英尺长的拖车。然后，她让他关掉车头灯，下车。

勒罗伊可没打算下车。可是，当耶格·史迪奇隔着窗户，伸手抓住他的脖子的时候，他没别的办法，只好从车里走了出来。

一时间,他只想要下跪求饶。可是他还没来得及跪呢,她就抓住他的领子,递给他一根绳子,说:"接着!我一说拉,你就拉。"他别无选择,只能听从她的命令。然后,他看向斑鸠河,河面上浮动着一双双鳄鱼的眼睛。他腿都软了。他以前从来没这么近距离地看过鳄鱼,更别说是一群鳄鱼了。一群凶猛的鳄鱼。

他正站着,耶格·史迪奇已经开始行动。她的手里拿着一根一头尖的长杆子。那并不是一根长矛,不过勒罗伊想,如果她拿它当长矛用也没问题。他揉了揉脖子上刚刚被耶格抓过的地方,站在那儿攥着绳子的一端,看着耶格展开绳子的另一端。这时他才发现,绳子上面绑着一只鸡(不是活鸡,是烤鸡)。她把鸡放在斑鸠河的岸边,轻轻拉了拉绳子,然后爬上了拖车。

勒罗伊明白怎么回事了。他手上的这根绳子是用来钓鳄鱼的。好吧,行吧。他本能地想要朝山上跑去,可谁都知道,沼泽地里怎么会有山呢?可怜的勒罗伊僵在原地。

"我一说拉,你就拉。"耶格又重复了一遍。勒罗伊点点头。

他望着安静的河水,里面是一双双鳄鱼的眼睛。更糟糕的是,他看得出来,那些鳄鱼的眼睛在慢慢地向河岸边移动。既然眼睛都长在身体上面,他当然知道,那些鳄鱼们准备上岸了。

果然,最大的一条鳄鱼首先游到了烤鸡旁,张开了他

那张血盆大口。勒罗伊从来没在一张嘴里面看到过这么多的牙齿。

就在这张大嘴准备吞掉烤鸡的时候，耶格大喊一声："拉！"勒罗伊猛地一下拉起绳子，把烤鸡拖了回来。

咔嚓！勒罗伊简直要灵魂出窍了。那只鳄鱼没咬到烤鸡，可是浓浓的美味已经飘进了他的鼻孔。勒罗伊无比震惊地看着耶格用那根一头尖的杆子戳那只野兽。那只鳄鱼又往前爬了一点儿。"拉！"耶格大喊。咔嚓！每次鳄鱼一口吞掉烤鸡之前，耶格都大喊一声"拉"。随着这一声"咔嚓"和一声"拉"，那只鳄鱼离拖车原来越近。啊！现在勒罗伊知道耶格在做什么了。等到鳄鱼一爬上拖车，耶格就会立刻把车门关上。瞧！战利品到手了。

咔嚓！咔嚓！咔嚓！

可问题是，随着鳄鱼越来越靠近拖车，他也越来越靠近勒罗伊。尽管勒罗伊不是什么鳄鱼心理学家，可他也能看出来，那只不断移动的烤鸡让鳄鱼的火气变得越来越大。他想，用不了多久，绳子就拉完了，他和鳄鱼之间就只剩下一只烤鸡的距离了。

就在勒罗伊想着鳄鱼会不会放弃烤鸡，直接把他吃掉的时候，耶格一把抓起烤鸡，扔进拖车里。然后，她用长杆不停地戳，直到把鳄鱼赶进拖车。接着砰的一声，她关上了拖车的后门。

勒罗伊看着她对着空气挥舞着拳头。然后，她盯着他

说："走！"尽管腿还抖个不停，勒罗伊还是飞快地扔下绳子，跳到方向盘后面，发动了汽车。悍马的轮胎陷入沼泽地松软的泥土里。勒罗伊一脚油门，在地上留下了深深的车轮印。他想以最快的速度回到庄园。他再也不想抓鳄鱼了。

他的心脏猛烈地撞击着胸膛，就像一只奔跑的兔子。连身边的树看起来都像是长了胡子的精灵。他从来没见过这么可怕的东西，直到……吱！

先是一只脚，然后是另一只，接着是两条腿，然后是整个身体……一个人滑到挡风玻璃上面。耶格！我的天啊！耶格！他忘记让耶格上车了。她来索命了。

等一下！不对。如果这是真的，故事不可能这么……这么……这么具体啊。不是吗？

你们猜怎么着，当勒罗伊开车出发后，耶格·史迪奇奋力跳上了拖车，然后又跳到悍马车顶上，从车尾到车头，跑了三十五英尺，最后从挡风玻璃滑了下去。

好消息是，耶格·史迪奇并未因为这点小事而发脾气。她都没工夫想勒罗伊。她脑子里想的全是拖车里那只巨大的发怒的鳄鱼。

她坐在了悍马车的引擎盖上，先是绷紧了脖子上的肌肉，又活动了活动关节。她已经准备就绪。

84
箭在弦上

索尼博伊也准备就绪了。他特别为破土动工仪式定制的二十四把镀金铁锹，整齐地排列在游廊上，每一把镀金铁锹上都镌刻着一个嘉宾的名字。

那些是他的派对伴手礼。破土动工仪式结束后，每一位客人都能带走镌刻着自己名字的镀金铁锹，陈列在家中，用以怀念这个值得纪念的时刻。

可是一瞬间，他的喜悦就转变成烦闷了。想到陈列在家中，他就想到了那只玻璃柜里的鸟。那只被他父亲昆顿猎杀的象牙喙啄木鸟。而他的父亲最终也因为心脏病发，死在一棵高高的树上。

一个冷战从索尼博伊·博库的右腿侵入他的五脏六腑。他很可能会取消整个事件……时间还早，收手还来得及。赶紧决定……赶紧决定……可就在此时，他看到了正在驶向他的悍马的车前灯。尽管蓝色的灯光有些晃眼，他还是看到耶格正坐在引擎盖上，身下的汽车就像被她骑着的一匹赛马。

他听到她大喊一声"驾"，这下更像了。他想，她肯定是抓住了一只鳄鱼。果然，他听到那只野兽在拖车里挣扎的声音。从那声音判断，一定是个庞然大物。当他看到拖车左右摇摆，他知道一定是个超级庞然大物。

现在已经不能回头了。很快，宾客们就会到，其中还包括市长和她的丈夫。还有一场鳄鱼摔跤表演。人们要品尝油炸糖派，还要破土动工。布雷伯恩一家会收到驱逐通知。最棒的是，鳄鱼世界摔跤竞技场和主题公园要拔地而起，紧接着就是大把大把的钞票入账。

一切都照计划按部就班地进行。他可没时间去关心那只玻璃柜里的死鸟。箭在弦上，一触即发。

85
二十四个派

天堂派咖啡馆也箭在弦上，一触即发了。查普和妈妈此时马力全开。当克尤特曼·吉姆做完广播节目来的时候，他们也给了他一个围裙，让他为客人们续咖啡。

钞票再一次越堆越高。查普不断地将钞票拿到后廊，丢进船里。尽管距离装满还早着呢，可是他已经看到希望。

查普低头看着那些钞票，五元的，十元的，甚至还有一堆两元的。以前认为不可能的事情，现在正一步一步实现着。事实上，看着那些钞票，他忍不住会想，也许，只是也许，他真能找到糖人呢。他心中油然升起一股希望。

他转身向厨房走去的时候，电话铃响了。他从妈妈的话语中听出，有人在下订单。事实上，他从她的表情可以猜到，这是笔不小的订单。

"够二十四个人吃的糖派？"她说道。查普看着她。那得需要很多派才行。他看了看闹钟，快到中午了。早上客流高峰过去之后，派的供应也不那么紧张了。

"下午一点？"她问。

"打烊时间？"下午一点是打烊时间。到那时，他们的派早就卖光了。下午一点以前，他们还能做出够二十四个人吃的糖派吗？

对于这个问题……"当然，下午一点以前，我们可以准备好够二十四个人吃的糖派。"他听到妈妈这样回答，"当然没问题。"

他看了看餐台。派剩得不多了，可客人们还在陆续光临。

然而，她妈妈说的下一句话却让他着实大吃了一惊。"谢谢您！博库先生。我们会准备好的。"

博库先生？索尼博伊？

妈妈刚把电话放下，查普问："索尼博伊·博库要带着二十三个人来这儿？"

这时候，克尤特曼·吉姆走了进来。他边在围裙上擦着手边说："你们都听说那个破土动工仪式了吗？"看到他们的表情，他猜想他们没听说。

查普需要时间消化一下这个消息。破土动工？可……可是……太快了吧。他们怎么能在这么短的时间内筹集好一船现金呢？他心中刚刚燃起的希望之光一下子又熄灭了。

就在同一时刻，他明白了一个现实：破土动工仪式意味着他们没有任何留在这里的可能了。

查普立刻意识到，索尼博伊和耶格在残忍地拿他们开玩笑。他们的辛苦劳动，他和妈妈挣来的那些钱……全都没有任何意义了。他们根本没有选择的权利。索尼博伊从来就没打算遵守和他们的协议。即使他们用现金把那只独木舟填得满满的，也不够，根本没法和胡乱修建的鳄鱼世界摔跤竞技场和主题公园相提并论。

查普产生一种从未有过的感觉，他有生以来从没有过、十二年生命中一次也没出现过的感觉——屈辱。他怎么能容忍自己被一个穿着那么那么愚蠢的袜子的人愚弄欺骗呢？

他的妈妈先从惊讶中恢复过来。"二十四人份的糖派。"她说。然后她递给查普一袋未开封的社区俱乐部咖啡，"我们还需要一些咖啡。"

他极不情愿地接过袋子，转身走向研磨机。这不是他想做的。研磨机尖利的声音刺激着他的神经。他能感觉到在厨房火热的空气中，自己的脸烧得厉害。即使一口咖啡也没喝，他的嘴里也充满了苦涩。

突然之间，他宁愿身处其他任何地方，也不愿再待在天堂派咖啡馆的厨房里做这些愚蠢的咖啡了，更不愿意为索尼博伊·博库这个笨蛋做咖啡。

他感觉自己陷入了绝境。

那一瞬间，咖啡研磨机的声音剥离了他大脑里的每一寸神经，他突然想起："捕兽笼！"忙忙碌碌了一上午，他都忘记去查看哈瓦哈捕兽笼了。

他猛地将围裙从头顶脱下来，跑过后屋，路过独木舟，

跑向后廊。砰! 纱门在他身后关上了。

果然,捕兽笼奏效了。可是和他的预期不一样。笼子里面捉住的是一只正在生气发威的、巨大的……史前负鼠。

"我的老天爷!"查普大叫。(好吧,他喊的其实不是这一句,可是出于文明礼貌,我们不能重复他实际说的话。)

笼子里面,沼泽地里最讨人厌的居民正呲着极其尖利的牙齿,用他的小黑眼睛怒视着查普。查普小心地站到笼子后面,慢慢地拉起盖子,把这只史前负鼠放了出来。

看着负鼠消失在茂密的灌木丛中,更大的屈辱感涌入查普的脖子、胸膛、腰,直到遍布他的五脏六腑。

今天还能更倒霉吗?

86
亲吻鳄鱼

这天倒霉的还有那只庞然大物——鳄鱼。最后猛烈的一击，耶格·史迪奇抓住了这条十英尺长的爬行动物，将他摔了个四脚朝天。

那只鳄鱼也是个厉害角色。整个早上，她都在用那根一头尖的杆子隔着拖车的栏杆戳他，挑衅他。他猛烈地撕咬，发出恐吓的声音。

然后，当所有各界社会名流都到齐并落座之后，午餐也上桌了，耶格·史迪奇打开了拖车的后门，那只巨大的野兽跳了出来。她兜着圈子用棍子刺他，戳他。

每次她一刺他，那只鳄鱼就挥舞他的尾巴抽向她，企图抓住她，一口吞掉。被关在拖车里好几个小时，又被戳来戳去地挑衅，这动物早就怒不可遏了。

他不时地窜向耶格。可是她的动作太快了。当他们两个攻守进退、争斗躲闪的时候，游廊上的人们津津有味地观赏着。

鳄鱼是有着一百万年生存本能的生物，是一种极少上岸活动的物种。

耶格·史迪奇是一个狡猾的人。挑衅了几分钟之后，耶格跳到了鳄鱼的身后。她助跑了一段，跳上了鳄鱼的背，用她很小的双手去抓他一英尺长的大嘴。鳄鱼的尾巴疯狂地前后抽打。同时，他的嘴也前后甩动。

耶格坚持着。

许多人不知道，当张开嘴时，鳄鱼的力气会变得很小，可耶格知道这一点。鳄鱼所有的力气都用来把嘴巴合上了。

耶格·史迪奇完全知道要怎么做。首先，她身体前倾，直到她的脸几乎贴到了鳄鱼的两眼之间。她用脸狠狠地顶住鳄鱼的脸，这样他的嘴就被迫合上，然后她用两只手把他的嘴夹紧。一旦鳄鱼的嘴被夹住了，他也就无能为力了。

这个摔跤手慢慢地坐直身子，同时将鳄鱼的头拉起来，折成九十度角，这样鳄鱼的嘴就径直指向天空了。她将这个动作保持整整一分钟，然后就在她要松手以前，她会趴下身体，亲吻鳄鱼。

她亲吻了那只鳄鱼。

亲吻的一瞬间，她从他的背上跳下来，脚趾一拧，向着观众鞠躬致意。宾客们都站起身，对她报以最热烈的喝彩声。他们没有一个人见过这种场面。索尼博伊咧开嘴放声大笑。很显然，他们都见识到了北半球鳄鱼摔跤世界冠军的厉害。突然间，他们都知道了索尼博伊早已知道的事实：人们会不远万里来看她，还会带动当地的经济。市长甚至和索尼博伊握了握手。

此时,勒罗伊开着加长悍马过来。"请大家带上铁锹!"索尼博伊说。然后,勒罗伊载着所有二十四个人,向天堂派咖啡馆驶去。他们要在破土动工前,享用一些甜点。

至于那条鳄鱼,他爬向了杜鹃花丛,在那儿美美地睡了一大觉。

87
糖人起床

好吧，你想聊聊睡觉的事吗？糖人睡了很长很长时间，即使现在面临紧急情况，他的动作还是非常迟缓。你懂我的意思吗？起床是一件非常困难的事情。他用一只剧蒲葵般大的手掌捞起宾果和杰玛，把他们放在了肩膀上。

对宾果而言，感觉就像是坐在一棵大树的顶端。他喜欢这感觉。

对杰玛而言，也感觉像是坐在一棵大树的顶端。可坦白说，他一点儿也不喜欢。

他们两个都紧紧抓住糖人的毛，生怕掉下去。

浣熊是非常灵活的动物。他们能游泳，爬树，跑得比好多动物都快。（他们唯一不会的就是飞翔，可以理解，他们毕竟没长翅膀。）可是骑在糖人肩膀上可是种全新的前进方式。尽管杰玛情绪复杂，可这比在森林的黑暗小路上艰苦地步行跋涉快多了。

"我们走！"宾果催促着。

说着，糖人开始拖着沉重的步伐，向斑鸠河和甘蔗丛走去。宾果和杰玛低下头，见格特鲁德正在水里游在他们的前面。她其实是一条响尾蛇怪兽。不过此刻在他们眼中，她看上去毫无威胁。

真正有威胁的是轰隆隆——轰隆隆——轰隆隆——轰隆隆！

"快点儿！"宾果说。

"快点儿！"杰玛说。

在我们的小侦察兵眼中，四周全是美丽的绿树，上面长满细密的青苔，银色的斑鸠河水缓缓流入大海。他们呼吸着初夏浓郁潮湿的空气，就好像全世界都掌握在他们手中。

"快一点儿！"他们催促着，"快点儿！"

88
衣　柜

天堂派咖啡馆也在快点儿、快点儿地忙个不停。查普以最快的速度将甘蔗塞进榨汁机，妈妈和面，克尤特曼·吉姆洗咖啡杯。大油炸锅里面炸着糖派。

斯威特也很忙。"注意！人类！"他说。可是他的家人们都对他不理不睬。轰隆隆——轰隆隆——轰隆隆——轰隆隆！他飞快地跑到了查普的床底下。地板在震动。他头上的床在震动。要是床塌了砸在他的头上怎么办？他从床底窜出去。可是空空的房间里面真是太……空了。

衣柜！

他噌一下钻进了衣柜最里面的角落，把自己蜷缩成了一个小小的姜黄色的毛球。他已经尽力了。

轰隆隆——轰隆隆——轰隆隆——轰隆隆！

89
请 客

　　咖啡馆里，最后一拨客人刚刚离开，查普就隔着厨房的窗户，看到悍马汽车开了进来。就像上次一样，它把整个停车场都占了，还多出一截。

　　查普看到那个司机跑到汽车一侧，为乘客们开门。包括索尼博伊和耶格在内的二十四个人从车上下来，走在铺满红色沙砾的土地上。查普能看到所有人都穿着高级讲究的套装和擦得锃亮的鞋子。市长和她的丈夫甚至还特意搭配了围巾。没一个人的衣服适合在沼泽地闲逛。而且他们每个人的手中都拿着一只镀金铁锹。

　　身后传来克尤特曼·吉姆的声音："那些挖土用的铁锹可真是高级。"

　　他们一起看着那些社会名流们将他们的铁锹一个一个靠在前廊栏杆上。

　　"我猜他们会先吃些糖派，然后举行仪式。"克尤特曼·吉姆说。查普知道他说得没错。金色的铁锹在午后的阳光中闪闪发光。

　　索尼博伊·博库随众人鱼贯而入，说："来二十四人份的糖派！"厨房中，索尼博伊的声音刺激着查普的内心。屈辱的感觉再一次涌上心头。前些天获得的男子汉气概全都从窗户飞了出去。最糟糕的是，查普现在清楚地知道什么叫自知之明了。

他想，老朋友，接受事实吧，你输了。

可是在他等着二十四位社会名流找座位坐下的时候，他做了一个决定。他或许输了，可他绝不是一个失败者。他是不会让穿着愚蠢的袜子的索尼博伊·博库知道他奥迪·布雷伯恩的外孙被打败了的。他的脑海中闪现出外公在写生簿上画的那只走鹃，那只胸前画了一颗红心的走鹃。"伟大的查帕拉尔"，上面是这样写的。不是"走鹃"，不是"伟大的走鹃"，而是"伟大的查帕拉尔"。

想到这些，他挺直了自己六英尺多高的身体。他或许还是个男孩儿，可他是个高个子男孩儿，比索尼博伊还高，比耶格·史迪奇高，甚至比市长和她的丈夫都高。

"像大树一样伟岸。"外公的声音在他耳边低语。

然后，查普端着满满一托盘新鲜出炉的热腾腾的油炸糖派，走出厨房，端到各位客人面前。各位社会名流刚一闻到香味，就大快朵颐起来。一时间只能听到咀嚼和牙齿碰撞的声音。

空气中充满了甘蔗的甜味儿。

终于，市长说："天啊，这些派太好吃了！"她用餐巾纸擦擦嘴，笑了笑。接下来是一浪高过一浪的赞美声。

当每个人都吃完之后，索尼博伊递给查普一沓钞票，说："给，这些钱应该够结账了。"

查普看着那一沓钞票。他看得出，足够付账了，还超出许多。索尼博伊说："剩下的就当是小费吧。"说完，他发出滑稽的笑声。查普常常会收到小费，大部分客人都会留下小费。可这些钱太多了，不只是小费，是其他东西，是怜悯。索尼博伊再一次把钱塞给他。"拿着，小鬼。"他说。可查普就只是站在那儿。他一点儿都不想要索尼博伊的钱，更不想要他的怜悯。

尽管这一个房间里有不止二十四个人，可查普感觉到前所未有的孤独。外公留下的那朵寂寞的云正氤氲在他的肩胛骨之间。

正当查普站在那儿，盯着索尼博伊手里的一把钞票的时候，妈妈走了过来。把钱交给妈妈处理吧。可是，她并没有伸手接钱，而是在查普的脸颊上抹了一把面粉。就是这个简单的动作，给了查普一丝小小的勇气。

"你留着吧。"他对索尼博伊说，"算我们咖啡馆请客。"

90
一船现金

俗话说，闪电不会总劈同一个地方。可是对于勇气来说，这句话不对。事实证明，当勇气袭来的时候，总是源源不断的。

"随便吧。"索尼博伊看着查普说，他眼中的查普看起来可不止一个十二岁男孩子那么高。索尼博伊将一沓钱塞回口袋。然后他和耶格请所有宾客都走出咖啡馆。他们一个接一个地去拿自己的镀金铁锹。

这时候，勇气倍增的查普·布雷伯恩冲到了后廊。他打开门，拖出独木舟，里面三分之二的部分装满了钱。他一直将船拖进了院子。参加仪式的宾客一定会路过此地。果然，他们都走过来了。

查普突然对索尼博伊说："给你，博库先生。既然你喜欢收钱，我想你也喜欢这一船现金吧。"

索尼博伊停下了脚步。查普看得出来，他吃了一惊。于是查普又说："不记得了？我们之间的约定。"索尼博伊想要忽略查普。他越过查普向后看去。他整理了一下泡泡纱套装的前摆，正了正领带。然后，他挥手示意所有宾客继续走。

不过这时，市长插话了："你和这个年轻人有约定？什么约定？"这时候，查普的妈妈和克尤特曼·吉姆赶了上来。

查普看得出来，索尼博伊感觉很尴尬。他的下巴紧绷着，牙关紧咬，两颊变得苍白，让脸上的雀斑更醒目了。耶格站到他的身边，目光灼灼。

查普说："一个约定——一船现金。"他没提糖人的事。

"你的确是这么说的。"查普妈妈说着，走到查普身边。

"没错，我是说过。"索尼博伊努力让自己的脸挤出一丝笑容。然后他指着那只独木舟。"可是，你总不能管这个叫船吧？"他停了一下说，"我说的船，是指游艇之类的。"突然间，查普意识到那只独木舟有多么小，只够坐进他和外公两个人的。不知怎么，里面的钞票看起来都那么可怜。

接着，索尼博伊问："有人看到这里有船吗？"

"我没看到这儿有船。"其中一个宾客说。

"船？"

"那是一只船？"

"要我说，那东西真是眇乎小哉。"

"眇乎小哉"？那是什么意思？

然后，令查普难以置信的是，索尼博伊抬脚将独木舟踢翻了。查普、妈妈和克尤特曼·吉姆满怀着希望摆放在船中的钞票，随着午后的风飞舞起来。有的飞进树林里，有的飞到刺藤上，卡在那里。大部分钞票散落在了船的旁边。

"哎哟！"索尼博伊说。又好像那还不够糟似的，索尼博伊又说："我以为我们并没有签个协议吧？"索尼博伊没打算继续说下去。

然后，耶格用标志性的幽默过来解围："我以为猪是不会飞的。"她说完，人群又发出一阵笑声。

查普很想一口唾在耶格·史迪奇的脸上，可他还是决定不要浪费自己宝贵的唾沫。他抄起双臂，转过身去。他无法再面对这些人，无法看着他外公的船翻倒了躺在地上。

查普紧闭双眼，不让滚烫的、愤怒的眼泪流下来。最后，他再次睁开眼睛，转回身对着斑鸠河。他能看到那些社会名流的背影，他们正站成一队向甘蔗丛走去。他们肩上扛着镀金铁锹，看起来像一只只可怕的怪物，去挖一个会把整个沼泽地毁掉的洞。

查普觉得自己被卷入了他们恐怖的漩涡中。为了不被吸进去，他一屁股坐在地上，将灼热的脸埋入双手中。

那些去破土动工的人正走向甘蔗丛。查普的心脏在胸膛里剧烈地跳动着，他突然意识到，哦，不！每一个边走边聊的社会名流都会成为响尾蛇们的攻击目标。甘蔗丛里的响尾蛇。

或许他痛恨所有那些拿着镀金铁锹的人，可是他还是……"等一下！"他大喊道，"等一下！"他向他们跑去。

可是索尼博伊根本没留意查普的警告。他转过身，打断查普说："小鬼，你还没完没了吗？"

"有蛇！"查普说。

可那些人还在继续向前走。

91
毛　球

　　在查普衣柜的最深、最暗的角落里，斯威特将身体蜷缩成了一个姜黄色的毛球。轰隆隆——轰隆隆——轰隆隆——轰隆隆的声音吓得他浑身发抖。他看上去非常可怜！

92
蛇

更可怜的，是索尼博伊·博库的袜子。他走在由耶格带领的他一群欢乐的朋友后面，他的袜子不断被刺藤挂住。那刺藤好像喜欢他的袜子似的。迈一步，刺啦一声，迈一步，刺啦一声。

最后他弯下腰，拉开一条刺藤。"啊！"上面的刺太尖了，扎进了他的指尖。

接着，他又绊倒另一根刺藤。他去拉它。"啊！"鲜血从他的手指尖流出来。一瞬间，他感到有点儿头晕眼花。他从来不喜欢见血，特别是他自己的。

这血让他想起了自己家里壁炉架上的血书协议。和一个男孩订协议让他非常气馁，他都羞于承认。要是……他曾曾曾曾曾祖父的协议上的话浮现在他的眼前："……接受暴脾气糖人处置。"然后他自己的话回荡在耳畔："如果我看到糖人存在的证据，我就把整个沼泽都给你。"

他把手指含进嘴里，接着想还是用他的丝质手帕更好，毕竟他有好多丝质手帕呢。他可以把这个扔了。他将用过的手帕丢到地上。他一点儿都不心疼。他也不会心疼这片沼泽地，特别是当它变成鳄鱼世界摔跤竞技场和主题公园以后。谁会心疼呢？

"没人会心疼！"他大声地说。他对自己许下一个诺言。等他回到庄园，他就把那个破协议烧掉，然后他会把它和那个玻璃柜里的啄木鸟标本一起丢掉。是时候和过去再见，向前看了。

的确是该向前看，特别是走在这条路上。因为只要他向前看，就会发现前面所有二十三个拿着铁锹的人全都突然转身，疯狂尖叫着朝他的方向跑回来。

"蛇！"

"响尾蛇！"

"到处都是蛇！"

"快逃命啊！"

没错，耶格·史迪奇和那一群人遭遇了一群发出嘶嘶警告声的响尾蛇，足足有成百上千条，好吧，有成千上万条！还包括一条巨型粗鳞响尾蛇——格特鲁德。

嘶嘶嘶嘶嘶！

93
流星猪

不幸的是，野猪们却没有收到这种警告，因为他们从另一个方向进入了甘蔗丛。几分钟以后，他们就看到了野生甘蔗。可他们不知道危险在前方，继续深入了进去。不过，就算他们收到了警告，也不会在意。因为他们根本不怕响尾蛇。

在甘蔗丛里，他们尽情地吃，尽情地叫："呜咦……哦……呜咦……哦……呜咦……哦！"

他们尽情地享用着甜品。他们撕扯着甘蔗，把甘蔗连根拔起，用脚踩烂，最多的就是用鼻子拱。他们完全没有注意到吓坏了的响尾蛇。响尾蛇们都躲进了河水最深处，身体颤抖个不停，把河水都搅动起来，看上去像是一锅热巧克力汤。

甚至连格特鲁德都慌乱得忘了发出声响。她迅速地将巨大的身体缠绕在一棵结实的松树的树干上，打着哆嗦。

所以，你一定能想象到，当糖人看到那群野猪在他的野生甘蔗丛里肆意破坏的时候，他简直气疯了。首先，他将肩膀上的宾果和杰玛提起来，放在格特鲁德缠绕的那棵松树的树枝上。他们拼了命抓住树枝不放手。然后，毫不夸张地说，糖人大发雷霆了。雷霆万钧！

他走向野猪群里最大的一只，正好就是巴兹。糖人一只手抓住巴兹的后腿，将他在空中甩了一圈又一圈。他看起来就像是一架长毛的有巨大的螺旋桨的直升机。

"克莱——戴恩——"就在糖人要松手之前，巴兹大喊了一声。哦，天啊！他松手了，野猪巴兹飞了出去。是的，你没听错，他飞过了沼泽温热潮湿的空气，飞过了树木，飞上了云层，飞向外太空，就像是一颗长了小卷尾巴的巨大的彗星。

紧接着就是克莱戴恩，然后是十五只小野猪，全都飞了出去。糖人把他们丢得太高太高了，如果你抬头向上看，就像是漫天的流星猪。

94
加长悍马

在停车场上，那些不再破土动工的人们争先恐后地跑回加长悍马车里。耶格在最前面，索尼博伊殿后，每个人都跟跟跄跄的，挥动着手里的铁锹。他们没有彼此砸到对方，真是个奇迹。很显然，这些人可不知道如何去挥舞铁锹。

这些人慌乱地爬进车里。然后，可怜的勒罗伊不得不先去把车门关上，再跑回到司机位置。

悍马汽车最早用于战争。那是它们的设计初衷和原始使命。这辆悍马车却被好好改装过了。而且我告诉你，它最初的感觉在改装中消失了。要我说，有些东西最好不要乱动。悍马应该在沙漠中驰骋，追击敌人。不应该拉着社会名流和他们的小小镀金铁锹到处跑。

悍马车卡在了空挡上。它完全不能动了。

"开车！"索尼博伊对勒罗伊大喊道。可是当勒罗伊踩住油门时，车轮只是在深深的车轮印里空转。最后，耶格只好跳下车，从后面推。也许就需要踹一脚？谁知道呢。

勒罗伊终于发动了车子。他们都松了一口气，可算摆脱了。

95
一个也没有

  那些社会名流们看到飞上天的野猪了吗？在糖人大发雷霆的时候，他们中有任何人觉察到他的存在吗？这一群镀金名流里，有任何一个人目击到那一切吗？

  朋友们，我们很遗憾地说，一个也没有。

96
同　胞

那么，查普呢？

当其他人，包括他的妈妈和克尤特曼·吉姆都向另一个方向跑的时候，查普以最快的速度跑向了甘蔗丛。他高声唱起了催眠曲，希望能让那些响尾蛇平静下来。

当他跑到被毁了的甘蔗丛时，他猛地停了下来。在那儿，就在河岸边，站着一个人，他的手像剧蒲葵一般大，他的头发看起来就像是挂在柏树丛阳面的铁兰藤，他身体的其他部分长满粗糙的黑毛，就跟很久以后再次回到那个区域生活的美洲黑熊的皮毛一个样。

在他身边，盘着一条巨大的响尾蛇，正发出巨大的声响。嘶嘶嘶嘶嘶！

查普僵在原地。巨型粗鳞响尾蛇。他看到糖人拍了拍她的头，然后糖人直视着查普。这男孩身上什么东西让他想起一个人，一个他很久很久以前见到的人，一个他视为朋友的人，一个他想念的人。

然后，他想起来了：奥迪·布雷伯恩。"哈，"他对查普说，"你是他的外孙。"

正当查普点头承认的时候，糖人盯着他，说出了那句
非凡的话："我们是同胞。"

我们是同胞。我们来自同一片土地。

就这样，这些天一直盘旋在查普头上的那团寂寞的
云，似乎变轻、变淡了。

97
危机过去

糖人。当他看着新朋友查普离开后，他在斑鸠河岸上坐下来，抓了几把野生甘蔗吃。味道就和他记忆中的一样甜美。他查看了一下甘蔗丛遭到的破坏。

野猪群的确造成了严重破坏，可是甘蔗长得很快。他知道，这里很快就能恢复过来。

"真是好甘蔗！"他对格特鲁德说。格特鲁德把自己卷成了一个巨大的圆盘，嘴里打出一个巨大的哈欠。你知道一个人打哈欠是会发生什么吗？会传染给其他每个人，让周遭的人都打起哈欠。

很快，糖人就一个接一个地打起哈欠来。"我想我该睡会儿觉了。"他对格特鲁德说。

然后，他看着宾果和杰玛，他们还在死死抓着松树的树枝。他用剧蒲葵一般大的手掌托起他们，把他们放到干燥的河岸上。

"干得好！侦察兵们。"他说。

宾果和杰玛绽开满脸笑容。宾果感到无比自豪，连头上的毛也软了下来。杰玛的眼睛一点儿都没眯。他们两个都用后腿站着，尽全力把身体挺得高高的，两只前爪行礼致敬。

格特鲁德说："我想危机已经过去了。"然后她和糖人一起，转身离开了斑鸠河畔，一个蜿蜒爬行，一个大步流星，向着他们舒适的巢穴走去。那里很黑暗，很安静。非常适合睡觉，做梦，适合糖人休息。毕竟，他和沼泽一样，一大把年纪了。

最后一个夜晚
The Last Night

　　他往后坐了坐，好好欣赏它。他也很喜欢那件乐器。然后他想到，没准椅子下面的盒子里还有其他宝贝。突然间，他一点儿都不累了。他将手伸进黑暗的开口处，用他无比灵敏的手指四处敲打。

98
许　愿

　　宾果和杰玛向格特鲁德和糖人挥手再见。然后他们慢悠悠地向信息总部走去。

　　他们两个都很高兴能再次回到信息总部。宾果立刻宣布他要睡一觉。杰玛也很累，可是他还不想睡觉。成功完成了任务，这让他异常兴奋。他看着仪表板上的艺术品——那张犰狳的图片就立在那儿。

　　他往后坐了坐，好好欣赏它。他也很喜欢那件乐器。然后他想到，没准椅子下面的盒子里还有其他宝贝。突然间，他一点儿都不累了。他将手伸进黑暗的开口处，用他无比灵敏的手指四处敲打。

　　他不停地拍打着，拍打着。那个盒子似乎是空的。他又拍打了一下。没东西。可在他放弃之前，他尽全力伸长胳膊，一直伸到腋窝处。

　　拍拍拍。他伸长手指，一直伸到盒子最远端。而就在那儿，在盒子的最里面，他摸到了什么东西。一个像纸一样薄的东西，可是也很硬。他又拍了几下。等一下，他摸到两个东西。

"宾果（猜中了）！"他说。（你不觉得他这样很可爱吗？）

他把那两个东西拉了出来。在他手中，是两个方形的艺术品。他分别把它们举起来，眯着眼睛仔细看。然后，他实在没忍住，拍了拍哥哥的肩膀，拿给他看。

"看！"杰玛举着第一个东西说。他将身体向后座倾斜，把它举在宾果的面前。

"什么东西？"宾果问。

"是只鸟。"杰玛将那张纸举在他们两个之间说。

"我在想是什么鸟。"宾果说。这和他在这个沼泽地里见过的所有鸟都不一样。他看着杰玛将它摆在仪表板上，放在犰狳的旁边。然后令他吃惊的是，杰玛说："等等，还有另一张。"

宾果揉了揉他的眼睛。他盯着那张图片。一张毛茸茸的脸和他对视着。然后，他笑了。"这是最好的一张！"他说。杰玛也同意。然后他把它也立在了仪表板上，和另外两张放在一起。

"太棒了！"宾果说。这三张图片真是太完美了。可是当杰玛环视四周，他觉得信息总部看起来不够完美。它看起来满是灰尘。清理信息总部任务继续执行，杰玛又开始疯狂地打扫起来。

他擦了玻璃内侧，打扫了仪表板和座椅。终于，宾果受不了了。杰玛需要停一停。

"杰玛！"他说，"既然现在你不恐高了……"

杰玛靠在椅背上。没错，他的确是爬到了木兰树上。他也骑在了糖人的肩上。而且这两次他都没想吐。

"那我们还等什么？"杰玛问。然后两个人一起从入口处钻出去，进入迷人的夜色中。他们正快步向前走，杰玛突然停下了。"有一件事我必须要做。"他说。然后宾果等在一旁，杰玛找了一片大叶子，爬上德索托汽车引擎盖，擦拭了那个老探险家的半身像。"这都困扰我好长时间了。"他边欣赏自己的劳动成果，边说道。

"快走！"宾果说。他拉着弟弟一口气跑到斑鸠河岸边的那棵长叶松旁。两个人一起爬啊爬，爬到了树的顶端。当然了，他们刚一爬上去，宾果就说："看！"

杰玛抬起头。满天繁星，形成一道璀璨的银河。就在那儿，疯狂闪烁个不停的，是一颗红色的星星。他从来没见过这番景象。

"这就是眨眼睛。"宾果说。

"眨眼睛？"杰玛问。

宾果点点头。然后他说："许个愿吧。"

"许愿？"杰玛问。

"当然，"宾果说，"星星不就是用来许愿的？"

如果你认为宾果和杰玛许了一个新任务的愿望，那么你猜对了：糖派补给任务。

他们飞快地从长叶松上跑下来，径直走向咖啡馆。没一会儿他们就到了，可是咖啡馆却关着门，百叶窗合上了。那样很好。他们的行动需要夜色的掩护。

可是，等一下！

"那是我想到的那个东西吗？"宾果问。

"哈瓦哈！"杰玛说。

没错，哈瓦哈捕兽笼就放在厨房窗户的正下方。他们并没发现，那装置并没有启动。他们只看到了那要命的笼子栏杆。侦察兵们对哈瓦哈捕兽笼了如指掌。许多不小心的同类被它抓住带走。

宾果向后退了几步，远距离观察。"哦，好吧。"他说，然后他笑了，"我可以改吃小龙虾。"

杰玛也笑着说："我也是。"

可是他们并没有转身向虾渠走去，他们仍然继续观察着咖啡馆。放弃这个愿望太难了。不过，他们只等了一会儿。因为正当他们坐在那儿的时候，房子里突然有人打开开关，将院子照亮了。

宾果和杰玛僵住了。他们暴露了。他们应该赶紧跑。他们应该转身快逃。他们的确这么做的。他们飞快地向虾渠跑去。

　　索尼博伊身体里的每一个细胞都在嗡嗡叫。他向上拉了拉
袜子，接着颤抖起来。他每一根黄灰色的头发都炸起来。不需
要任何人告诉他，是谁将那些野猪扔到了空中。

99
快想办法

查帕拉尔·布雷伯恩现在清醒得很。他整夜都没睡。他现在确定知道糖人还存活于世。可是他是唯一一个见过糖人的人。他们见面的时候他带照相机了吗？

当然没有。

悍马车呼啸着离开停车场，留下深深的车轮印。之后的整个下午，查普和他的妈妈，还有帮忙的克尤特曼·吉姆都忙着从刺藤上捡回钞票。目前为止，他都没告诉过妈妈他见到糖人的事。他还没想好要怎么说。更何况，他也没有证据，不是吗？

查普知道，在破土动工仪式的一场大乱之后，索尼博伊很可能不会再建鳄鱼世界摔跤竞技场和主题公园了。一旦这里响尾蛇成灾的消息传出去，恐怕没有人再愿意冒险来到这里了。

可是他也知道，只要沼泽地还在索尼博伊手中，他肯定会想出其他令人不安的主意，也许会更糟。尽管这一次已经不能再糟糕了。

只有一种解决办法：查普跟着糖人的足迹，一路找到他的巢穴，然后拍张糖人的照片。当然了，前提是他得有一个照相机。奥迪外公再也没找到他的宝丽来，也没再买一台新的。

想想办法，查普，想想办法。

怎么办，怎么办，怎么办？

尽管知道并没有照相机，他还是环顾了一下房间四周。他查看了床底下。没有。他打开衣柜的门，里面是斯威特。然后他走到桌子旁。上面放着外公的旧写生簿。他把它从桌上拿起来，放到床上。然后他把它放在自己的面前。上面都是他外公的味道——甘蔗、牛蛙和红土。

写生簿在他的腿上摊开，他直接翻到了空白的那一页，属于象牙喙啄木鸟的位置。一股熟悉的灼热感刺激着他的喉咙深处。只要索尼博伊家族一直在附近，象牙喙啄木鸟就永远不会有机会回来。查普知道这一点。他咽了咽口水，嗓子生疼。

他翻了几页，看到外公画的糖人。查普惊讶于外公刻画得如此准确。有那么一瞬间，查普想，没准自己也能画一张那个毛人的图画。

可是下一刻，他又想，不，那也证明不了什么。

他合上写生簿，把它放在身边的床上。闹钟上的数字瞪着他。凌晨三点钟，可他一点儿睡意都没有。而且，再过一个小时，妈妈就要起床做新一天的糖派了。他应该万分疲惫，可他却感到异常兴奋。

他得想办法证明糖人存在。可是怎么做呢？

他向四周看了看。什么都没有。

空空如也。

他完完全全想不出什么好办法。

然后……他想到了……史蒂夫！史蒂夫的手机。除非这几天史蒂夫来吃过糖派，否则那手机应该还在窗台上，收音机旁。

查普穿过走廊，进入厨房。

"拜托，千万还在！千万还在！"他嘟囔着。

太好了！还在那儿。查普按了一下屏幕下面的按钮。屏幕亮了起来。然后，他点了一下照相机的图标，照相模式开启了。查普一秒钟都没犹豫，将手机放入口袋，穿上他那双泥靴子，向门口走去。可是在他开门之前，他又回到厨房，在另一只口袋里塞了几个糖派。本来这些剩下的派就会喂鳄鱼的。

他想，就给我当早餐吧。

接着他拿上手电，最后又抓起镰刀。毕竟路上有好多刺藤要对付。

他打开门，开了院子里的灯，走了出去。就在离他几步远的地方，坐着那两只浣熊。

"贼！"他说。

他刚说完，那对浣熊就飞快地逃跑了，消失在树林里。

100
奇迹降临

查普走在熟悉的通往甘蔗丛的路上。他停住脚步，唱响尾蛇催眠曲。尽管他现在不需要砍伐甘蔗，可他也不想碰到蛇。一到那儿，他就用手电四处照了照。

果然，他发现许多印记。很显然，里面有蛇的痕迹，有许多许多。他还发现了之前自己留下的鞋印，就是他脚上的这双泥靴子。他又一次发现了浣熊的足迹。当然，他也看到一些鳄鱼的足迹。在所有这些印记之中，他只找到一个可能是糖人留下的脚印，这一个也毛毛糙糙很不清楚。就像糖人一样，毛毛糙糙的。

站在手电灯光的后面，他怀疑自己是不是真的见过那个大家伙。还是他在做梦？他想，这么大的生物怎么什么痕迹都没留下呢？他借着手电的光检查了一圈斑鸠河岸。什么都没有，糖人没有留下任何痕迹。

查普的心沉了下去。证据。找不到证据。只有一个模糊的脚印。他伸手到口袋里拿出手机，他至少可以给这个脚印拍张照片。可是，当他按了手机光滑玻璃上的按钮，却什么都没发生。他又按了一下。还是没有。屏幕上一片空白。

"可恶!"他大声说。史蒂夫已经把手机丢了好几天了,这些天没人给它充电。怎么充电啊?充电器在史蒂夫手里。查普真想把手机扔进斑鸠河里。可是他突然想到,这手机不是他的。他只好又把手机塞回口袋里。

查普感到很挫败,转身回去。他想,现在应该回到咖啡馆,帮妈妈做糖派了。没有照相机,找到糖人又有什么用呢?天空变成了深蓝色。他把手电关了,即使没有手电筒,他也知道回去的路。关了手电,周围的树木变得影影绰绰,沼泽地一片刚刚苏醒的样子,他意识到自己还不想回去。

他可以在外面再多待一会儿。可是去哪儿呢?东边?西边?北边?南边不行,再走就掉进河里了。他可不像耶格·史迪奇那样,总想和鳄鱼摔跤。所以,他舔了舔手指,高举到空中。西边吹来一阵微风,于是他转身向西走去。

他决定沿着河边走。河水反射着天空中的微光,比茂密黑暗的树林中要亮一点儿。

然而,他没走多久,就遇见一个小水沟。天空渐渐变亮,他差点都没注意到它。如果他穿了自己的长筒防水靴,他可能就蹚过去了,可是他穿着泥靴。所以,他绕到一边,接着往回走了几步,回到河岸边。他发觉自己正在上坡。如果他留意的话,他会想到这其实很奇怪,可是他满脑子都在想着咖啡馆。他得赶快回家帮妈妈的忙了。而且,他出来的时候没有留下字条。他知道,妈妈肯定会担心。

还有几个小时,咖啡馆就要开门了,还有很多东西要

在那之前准备好。

他正要转身离开时，在初升的太阳的照射下，他眼角的余光发现了一个闪闪发亮的东西。他想，也许是一个罐子。一想到斑鸠河上漂浮的垃圾，他就气愤不已。可是这光亮又不像是一个罐子。而且，它也没漂在斑鸠河里。然后，他也意识到，它也不在地面上。事实上，它嵌入在一大簇灌木丛里。

很大很大的一簇灌木丛。

查普试着靠近一些。可是他刚一动，他的身体就挡住了阳光，那东西就消失了。他挪到一边，等待着。它又出现了。他看不清是什么，只是死死盯住那个地方，小心翼翼地向那片灌木丛走去。查普心中涌现出这么多年来外公的教导。一步，两步。他小心地抬脚，又慢慢放下，尽可能不弄出一丁点儿动静。

然后，他停下来。要是那个闪光的东西是某只野生动物的眼睛，反射着阳光呢？他握紧了手中的镰刀。三步，四步。

他站直身体，足有六英尺多高。除了糖人，肯定没什么动物能比他还高了，不是吗？五步，六步。他又向着光亮走了走。

七步，八步。他右手攥紧镰刀，又迈出一步。他的手开始颤抖。为了平复心情，他用双手握住沉重的镰刀，然后轻轻地，非常非常轻地，将镰刀抬到肩膀的位置，拨开一条刺藤。阳光正好反射进他的眼里。

他向后跳了一步。

"噢!"他大喊一声。他揉揉眼睛,又使劲眨了几下。难道是?真的吗?他能在自己的耳朵、鼻子,还有身体各个角落感觉到自己强烈的心跳。正在看着他的,是一张戴着头盔的小脸。那是一个铬铜半身像。一个探险家的半身像。不是随便一个探险家,而是埃尔南多·德索托。查普的心脏在胸膛里剧烈地跳动。他转头向右边看了看,又转过头向左边看了看,他又向前看了看。然后,他扔掉镰刀,将双手举过头顶,情不自禁地转起了圈。他转啊转啊转啊,直到转成了疯狂的回旋舞。他无法停止转动自己这个六英尺多高的身体。他也不想停下来。

他一边转,一边大喊:"外公!"用自己最大最大的声音喊着:"外公!"

整片森林都回响着他的叫喊声。

"外公"的声音从一棵树传到另一棵树,掠过斑鸠河的水面,飞翔在树枝与藤蔓之间。甚至传到了正在睡觉的糖人的耳朵里。糖人在睡梦中翻了个身,脸上露出笑容。

欢乐。是的。欢乐。

在查帕拉尔·布雷伯恩年轻生命中的此刻,"外公"这个词就意味着"欢乐"。

然后,依然笑个不停的查普终于停下来,不再旋转。他将两只手伸进灌木丛,用力往外拉。他不停地拉啊拉,完全不在意刺藤扎入了他的手掌,扎在了他的裤子上。他又拖又拉又拽，直到最后，终于出来了。

它实在隐藏得太好了。他和外公曾经走遍了沼泽地，却从没注意到它。他和外公很可能无数次从它身边经过，却没发现它。他们也曾经乘着独木舟从斑鸠河中划过它，也没留意到它。它始终就停在那里。

查普绕着它走了一圈，然后又走了一圈。唯一闪光的就是那个引擎盖上的车标装饰。他能看到，车的其他部分都锈迹斑斑了，深深地陷入了下面的红土中。他将前脸上的藤蔓拉开，然后向后退了几步站着。

他无法控制自己。他总是感觉它在对他微笑。

"德索托。"他说。奇迹降临到他头上。他外公曾经讲给他听的所有故事，那个给象牙喙啄木鸟拍照的故事，那个在沼泽里迷路，然后突然借着一道闪电的光找到德索托的故事，温暖干燥的车里像床一样柔软舒适的座椅，所有这些故事都像潮水一般涌向查普。

然后是那个故事：他跟跟跄跄地走到高速路上，一个陌生人开车经过，将生病的露营者送到阿瑟港的医院，他在那个医院里治疗了几个月才从流感中痊愈，可是当他回去的时候，汽车却不见了。

奥迪说："那辆德索托救了我的命。"然后，他的声音越来越小，"可是从那以后，我再也找不到它了。无论我找了多少次，却再没见过它。"

查帕拉尔·布雷伯恩走上前，用手抚摸着引擎盖。层

层的锈洒落到地面上。他攥起拳头擦掉旧挡风玻璃上的尘
土，然后向里张望。可是清晨微弱的阳光中，什么也看不
清。他拉了拉司机驾驶座一侧的门把手。它被锈死了，于
是他又试了试副驾驶一侧的门。他使劲地拉了几下，终于，
他猛地一拉，那扇破旧的车门打开了。查普向车内看去。
他本以为里面会堆满灰尘，可是却非常干净整洁。他还注
意到，所有车窗玻璃的内侧都被擦得锃亮。没错，非常干
净整洁。至少看起来如此。

　　等一下！爪印！有动物进来过。他靠近一点儿，看了
看座位，然后又检查了座位后面。他还注意到了地板上的

洞，一个出入口。就在那儿，那爪印不会错。

"浣熊！"他说。这里是他们的家。他又看了看四周。里面又干燥又隐蔽，而且非常舒适，太适合浣熊生活了。他忍不住猜测，一个小时以前他在院子里看到的那两只浣熊是不是就住在这里。

如果真是这样，他猜想……那么没准也是他们两个闯入了咖啡馆。盗贼！不过此刻因为找到汽车给查普带来巨大的喜悦，他根本生不起气来。他太高兴了，忍不住从口袋里拿出了糖派。它们有点儿不新鲜了，也被压扁了，可是他觉得浣熊们是不会介意的。然而，当他将糖派放到仪

表板上的时候，他发现了一些令他惊讶的东西：三张薄薄的照片。三张照片靠在挡风玻璃上。他摇了摇头，这不可能！可是就在他面前，一张犰狳的老照片、一张象牙喙啄木鸟的老照片，还有另一张。

他死死地盯着那张鸟的照片。他用有生以来最最仔细的目光审视着它。照片有些褪色了，可上面的东西清晰可见、毫无疑问。就在他打算伸手将它拿起来的时候，他停住了。那三张照片整齐地排成一排。查普能看出来，那是特意摆放好的。他知道这非常难以置信，可很明显，那些浣熊是特意将照片摆放到仪表板上的，就好像在陈列艺术品一样。

然后，查普想，有两只浣熊，三张照片。每只浣熊应该拥有一张照片才公平。尽管他非常喜欢那张啄木鸟的照片，可他最最需要那第三张。他会把其他两张留给浣熊。

你还记得吧，正在发烧的奥迪·布雷伯恩不小心拍到一张宝丽来照片，上面是一张毛茸茸的脸。还记得吗？

查普手里的，就是这第三张照片。一张糖人的照片。

证据。

他用两只手指尽可能小心地举着它，注视着它。那张照片仍然和六十多年前外公拍摄时的那个夜晚一样清晰，仍然和奥迪将它塞进旧的点 30 口径弹药盒时一样可爱。它始终被保存在这辆旧汽车里。而当初，正是这辆美丽的德索托汽车救了他外公的命。

现在呢？它又来拯救整片沼泽地。

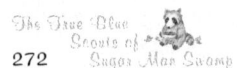

101
会飞的猪

没有了索尼博伊的支持，耶格·史迪奇也没理由再留下去了。她抓住杜鹃花丛里那只鳄鱼的尾巴，一把将他拉出来，然后将她的拖车搭载在一辆路过的大卡车上，向南美洲行进。我们听说她在鳄鱼摔跤的世界里大放异彩，很快就成了南半球鳄鱼摔跤世界冠军。我们祝福她，也祝福那些鳄鱼们。

至于索尼博伊，他一回到自己的庄园，就让勒罗伊生了一堆大大的篝火。司机刚把火生起来，索尼博伊就将阿鲁西斯签订的那个协议扔进了火里，然后他又将象牙喙啄木鸟标本扔了进去，看着它们被烧成灰烬。

可是，就当他站在那儿，看着勒罗伊烧火的时候，他听到一声巨大的砰！

"什么声音？"勒罗伊问。第一声砰的声音还在回荡的时候，紧接着又传来第二声巨响，砰！接着是十五声稍小一点儿，可同样非常响的砰！

看来，飞出去的东西迟早要落回来。没错，当我们的野猪们飞到了行星轨道的最高点，他们又重新进入了地球的重力场，飞了回来，直接撞在了旧庄园的走廊房顶上。

勒罗伊大喊道："会飞的猪！"接着，二十四小时之内第二次，他跳进悍马车，飞驰而去。

索尼博伊身体里的每一个细胞都在嗡嗡叫。他向上拉了拉袜子，接着颤抖起来。他每一根黄灰色的头发都炸起来。不需要任何人告诉他，是谁将那些野猪扔到了空中。一个脾气暴躁的生物。糖人。索尼博伊父亲昆顿的形象闪现在他的脑海中。他死在了树的顶端。然后他脑海里的声音告诉他："如果你不离开这片沼泽，你也会有一样的下场。"证据非常明确，就在野猪的尾巴上。然后，他用自己的鲜血起草并签署了一个协议：

我，索尼博伊·博库，

将这整片沼泽地移交给查帕拉尔·布雷伯恩。

真是可喜的解脱。

签名：索尼博伊·博库

他将协议钉在了前门上，确保会有人发现它。然后，就好像沼泽自己也希望能签署这个协议一样，当索尼博伊用手梳理他的头发时，发现在他右耳朵后面，正别着一根漂亮的、末端是白羽的黑色羽毛。

后来我们听说，索尼博伊一直住在偏远地区，比如凤凰城。会有人在意吗？根本没有。

102
吉祥物

至于巴兹和克莱戴恩，听说从外太空旅行一圈回来后，他们就聚齐一家人，匆匆向阿肯色州逃去。在那儿，他们被一些当地的高中足球队聘用为吉祥物。

我们听说他们再也不吃甘蔗了，一口都不吃。

这也不是不可能。

103
糖　派

我们的故事就要讲完了，再坚持一下。吃了满满一肚子小龙虾之后，宾果和杰玛悠闲地回到信息总部，天空中下起了雨，他们赶紧从副驾驶一侧的入口处钻进车里。他们都累趴下了。这些天太漫长了，他们两个都准备美美地睡上一大觉。

他们一进入车里，就注意到三件事。

首先，杰玛宣布："有人私闯信息总部！"

他迅速地环顾了一下四周，看看有什么东西被偷了。他查看了他心爱的艺术品。他很高兴又看到了犰狳那张惊讶的脸。他也很高兴又看到了那只鸟，尽管他也不知道那是什么鸟。最后，他也看到了那张糖人的照片。三张照片都原封不动地待在原地。哇哦！

他们注意到的第二件事是空气中清晰的人类的气味。果然有人闯进来了。

可是他们发现的第三件事是另一种气味——糖派！果然，就在那儿，两个糖派躺在仪表板上。

兄弟俩惊讶地看着对方。宾果突然笑了出来。

"眨眼睛！"他说，"我们的愿望实现了！"

104
伟大的查帕拉尔

现在，据我们所知，糖人沼泽里一切都好。甘蔗又长出来了，响尾蛇们还是那么厉害，犰狳们也总是大吃一惊。杰玛已经能用那只口琴吹出一两首歌了，他不是斯诺奇·普赖尔，可是也差不多了。斯威特总算从衣柜里出来了，史蒂夫也拿回了他的手机，庄园的走廊修好了，被改造成了"沼泽自然历史博物馆"。而那些糖派依然好吃极了！

至于象牙喙啄木鸟，既然那些古老的参天大树都保住了，糖人沼泽也不会再受到野猪和无情的博库家族的侵扰，也许有一天，象牙喙啄木鸟会带着她的家人一起回来吧。我们祈祷着。保佑他们吧！

只有一个问题还没解决……那张糖人的照片。查普看到那张照片的时候，他知道它能够拯救这片沼泽。

而且如果没有那一群飞翔的野猪，没准真要靠这张照片才能保护沼泽。可是当查普坐在外公心爱的汽车里，注视着糖人存在的证据时，他也同样意识到，这张照片会招来一群大黄蜂，正如奥迪外公曾经警告他的那样。

一旦糖人存在于世的消息传出去，那些寻求刺激的人们就会蜂拥而至，涌入沼泽。数不清的响尾蛇也没用了。没什么能敌得过那些人类的绳索、斧头和猎枪。

查普问自己，他怎么能这样对待外公的沼泽地呢？等等，他怎么能这样对待自己的沼泽地呢？他外公画的那幅走鹃的画浮现在他的脑海中。他能够清晰地看到奥迪外公画在鸟胸膛上的红心。而在那一页的最下面，他的外公没有写"走鹃"，而是写了"伟大的查帕拉尔"。

因此，查普小心翼翼地不碰到另外两张照片，把那张糖人的照片也放回到仪表板上，又在旁边放了两个糖派。然后，他走出汽车，用背将车门顶上。他伸展双臂，大声地喊："这里就是天堂！"最后，我们这个主事的小男人就离开了。毫无疑问，他做出了最正确的选择。

图书在版编目（CIP）数据

糖人沼泽侦察兵／（美）阿贝特著；赵轩译.
—昆明：晨光出版社，2015.4（2023.5重印）
ISBN 978-7-5414-7055-4

Ⅰ.①糖… Ⅱ.①阿… ②赵… Ⅲ.①儿童文学－长
篇小说－美国－现代 Ⅳ.①I712.84

中国版本图书馆CIP数据核字（2015）第045717号

THE TRUE BLUE SCOUTS OF SUGAR MAN SWAMP
Copyright © 2013 by Kathi Appelt
Originally published by Simon & Schuster Inc.
Published by arrangement with Pippin Properties, Inc. through Rights People, London
ALL RIGHTS RESERVED.

著作权合同登记号 图字：23-2014-116 号

TANG REN ZHAO ZE ZHEN CHA BING

糖人沼泽侦察兵

出 版 人 吉 彤

作 者	〔美〕凯西·阿贝特
翻 译	赵 轩
绘 画	姜俊腾
项目策划	禹田文化
责任编辑	李 政　常颖雯　付凤云
项目编辑	王 琴
美术编辑	刘 璐　沈秋阳
封面设计	木
版式设计	沈秋阳

出 版	云南出版集团 晨光出版社
地 址	昆明市环城西路 609 号新闻出版大楼
邮 编	650034
发行电话	（010）88356856 88356858
印 刷	固安兰星球彩色印刷有限公司
经 销	各地新华书店
版 次	2015 年 5 月第 1 版
印 次	2023 年 5 月第 6 次印刷
开 本	145mm×210mm 32 开
印 张	9
ISBN	978-7-5414-7055-4
字 数	166 千
定 价	28.00 元

退换声明：若有印刷质量问题，请及时和销售部门（010-88356856）联系退换。